W0472192

Savia

ciencias sociales

SM

3 primaria

TU LIBRO

Qué importante es...

- conocer el universo.
- cuidar la naturaleza.
- ser buenos ciudadanos.
- ...

Comenzarás cada unidad reflexionando sobre un valor a partir de un texto o una imagen.

Secciones más destacadas

CONTENIDOS

Los textos y las imágenes te ayudarán a aprender.

TALLERES

Podrás practicar las técnicas de las Ciencias Sociales.

ORGANIZA TUS IDEAS Y REPASA TU UNIDAD

Un esquema y actividades te ayudarán a repasar.

Ponte a prueba

Pon en marcha tus competencias y comprueba lo que has aprendido con la **tarea final.**

REVISTA

Noticias y curiosidades para saber más.

Y además...

Con tus unidades

ATLAS. CONOZCO MI COMUNIDAD

Conoce a fondo tu comunidad autónoma con ayuda de mapas y fotos.

Al final de cada trimestre

- COMPRUEBA LO QUE HAS APRENDIDO.
- PROYECTO TRIMESTRAL.

Al final del libro

REPASA Y JUEGA

Tu entorno de aprendizaje Saviadigital

(www.smsaviadigital.com)
Tu sitio en la web para aprender y divertirte.

Ponte a punto

Actividades iniciales para recordar lo que ya sabes y prepararte para seguir aprendiendo.

Comprende

Vídeos y animaciones que te ayudarán a comprender mejor los contenidos.

Juega y aprende/Practica

Juegos y actividades. Así, todo lo que aprendas no se te olvidará.

Valora lo aprendido

Actividades finales con las que comprobarás todo lo que has aprendido y cómo has trabajado.

Entrar en Saviadigital es fácil:

1. Escribe en internet la siguiente dirección: smsaviadigital.com
2. Regístrate. Anota y recuerda tu usuario y contraseña.
3. Introduce el número de licencia que encontrarás nada más abrir tu libro.

Índice

Contenidos

Más actividades y contenidos en smSaviadigital.com

1 Un lugar en el universo

Un universo desconocido

Aquel verano fui a la playa. Tenía unos ocho años y recuerdo un día muy caluroso. ¡Cómo brillaba el Sol!

Para refrescarme me tumbé en la orilla del mar... ¡Era inmenso! Un amigo me dijo que el mar es tan grande que, si miras a la Tierra desde el cielo, el planeta se ve prácticamente azul. ¿No es increíble?

A pesar del calor, por la noche refrescó. No había ni una nube en el cielo, y mi hermana y yo quisimos contar las estrellas. ¡Eran tantas que no pudimos!

Aquella noche anoté en mi diario mis descubrimientos y mis dudas: ¿Por qué la Tierra es azul? ¿Qué pasaría si no saliera el Sol? ¿Por qué hace calor en verano? ¿Y por qué brillan las estrellas? ¿Cuántas formas tiene la Luna?

Aquel día decidí que quería comprenderlo todo. Por eso ahora soy astrónomo y me dedico a estudiar el universo. ¡E incluso he viajado dos veces al espacio como astronauta!

Hablamos

1. El protagonista del texto se plantea muchas preguntas. ¿Cuáles sabrías contestar?
2. ¿Cómo explica el texto que la Tierra sea de color azul cuando se ve desde el espacio?
3. ¿Qué instrumento sirve para observar las estrellas y verlas más cerca?

¡Qué importante es... querer conocer el universo!

Muchas cosas que sabemos hoy en día, antes eran misterios. Observar el mundo nos hace preguntarnos dudas y hallar respuestas. Gracias a esto, conocemos mejor el universo.

Tarea final

Imagina que visitas otro planeta y retransmites como si fueras un reportero cómo es la vida en él. ¿Te atreves?

1 Un paseo por el sistema solar

En las horas de Sol hace más calor y tenemos luz natural. ¿Por qué da luz el Sol? ¿Por qué no llega por la noche?

¿Qué es el Sol?

El **Sol** es un tipo de **cuerpo del espacio** llamado **estrella**. Las estrellas son esferas gigantes que tienen **luz propia** y calientan. Por esa razón, el Sol es tan importante: nos da la luz y el calor necesarios para la **vida**.

¿Qué es la Tierra?

La Tierra es un tipo de cuerpo del espacio llamado **planeta**. Los **planetas** tienen una forma **casi esférica** y **giran alrededor de una estrella**. Su recorrido forma la **órbita**. La **Tierra** realiza su órbita alrededor de nuestra estrella, el **Sol**.

La Tierra es conocida como el **planeta azul** porque está cubierta por una gran cantidad de agua que se puede ver desde el espacio.

¿Qué es el sistema solar?

Los planetas que giran alrededor de una estrella forman **sistemas planetarios**. Así, los ocho planetas que giran alrededor del Sol forman el **sistema solar**.

Estos planetas son **Mercurio**, **Venus**, **Tierra**, **Marte**, **Júpiter**, **Saturno**, **Urano** y **Neptuno**.

Observa y comprende El sistema solar

Taller de Geografía

¡Somos astrónomos!

Vamos a fabricar nuestro propio sistema solar.

Materiales

- Cartulina negra
- Cartulina blanca
- Pinceles y pinturas
- Tijeras y pegamento

Paso 1

Sobre la cartulina blanca, dibuja nueve círculos de distintos tamaños. Representarán al Sol y los planetas.

Paso 2

Colorea el Sol y los planetas. Puedes fijarte en la ilustración del sistema solar para ordenarlos.

Paso 3

Recorta el Sol y pégalo en un lado de la cartulina negra. Dibuja las órbitas de cada planeta con pintura blanca.

Paso 4

Pega cada planeta en su órbita. ¡Ya puedes investigar sobre el sistema solar como si fueras un astrónomo!

1. Dibuja en tu cuaderno tu planeta preferido. ¿Por qué es el que más te gusta?

- El **Sol** es la estrella del **sistema solar**.
- Los planetas del sistema solar son **Mercurio**, **Venus**, **Tierra**, **Marte**, **Júpiter**, **Saturno**, **Urano** y **Neptuno**.

Actividades

2. Escribe correctamente estas frases en tu cuaderno:
   a) El Sol es un planeta que da luz.
   b) El Sol gira alrededor de la Tierra.

3. Copia la oración y complétala.
   Los planetas más cercanos a la Tierra son ●●● y ●●●.

4. ¿Qué es la órbita de un planeta?

5. Copia y completa la tabla con el nombre del planeta correcto.

Es el planeta más grande.	●●●
Es el planeta más frío.	●●●
Es el planeta azul.	●●●
Es el planeta rojo.	●●●

6. smSaviadigital.com
   PRACTICA Ordena los planetas del **sistema solar**.

2 ¡Estamos girando!

¿Sabías que, mientras lees esta página, la Tierra está girando como una peonza?

La Tierra gira sobre sí misma

La Tierra, como todos los planetas, gira sobre sí misma debido al **movimiento de rotación**. Este movimiento se parece al de una peonza.

La rotación de los planetas es posible gracias al **eje de rotación**, que es la línea recta que une el **Polo Norte** y el **Polo Sur**.

Este eje también señala que la Tierra está ligeramente **inclinada**.

EL MOVIMIENTO DE ROTACIÓN

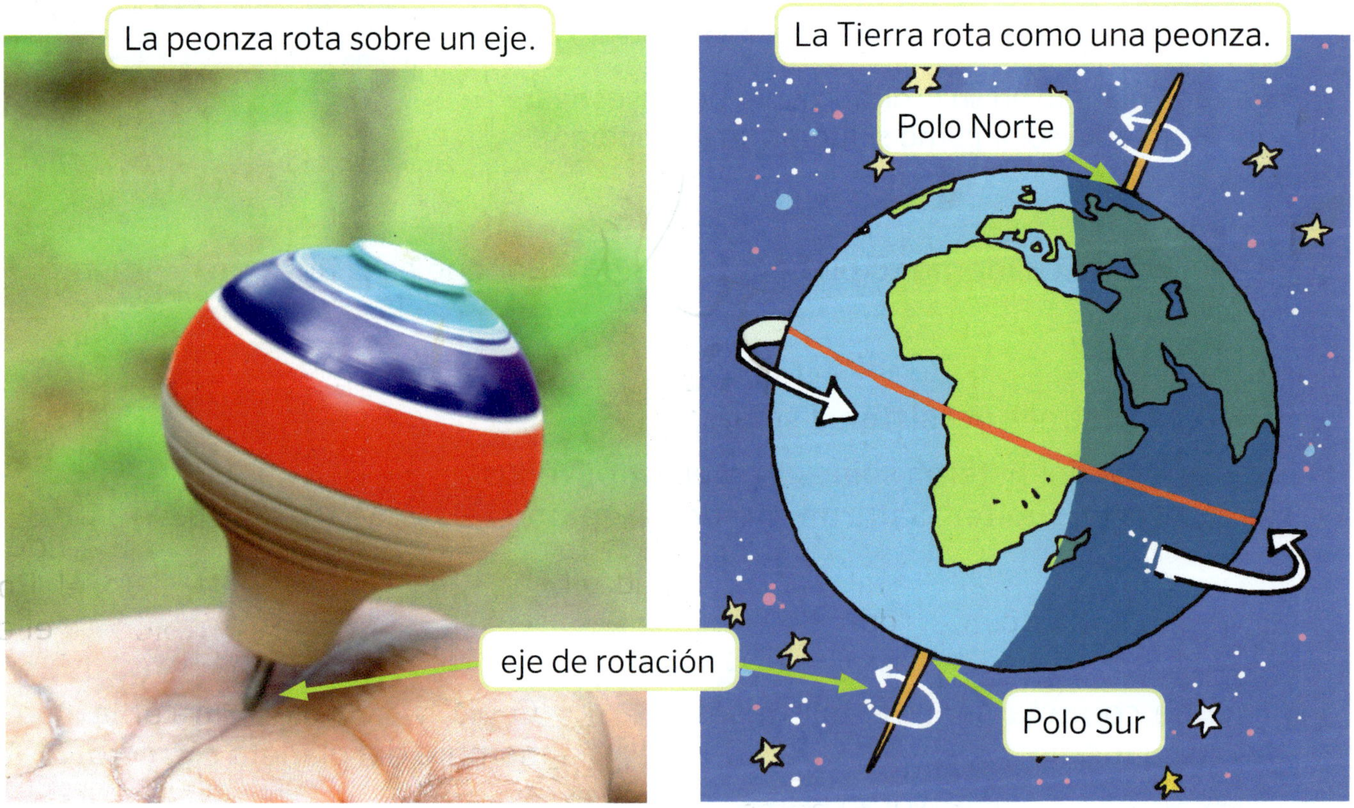

Observa las imágenes

7. Explica en tu cuaderno qué tienen en común una peonza y la Tierra.
8. Haz una bola con plastilina y atraviésala con un palillo. Gírala en la dirección que se indica en el dibujo de la Tierra. ¿Gira hacia la derecha o hacia la izquierda?

¿Por qué se suceden el día y la noche?

Para dar una vuelta completa sobre sí misma, la Tierra necesita **24 horas**.

La rotación y la inclinación de la Tierra provocan que los rayos del Sol no lleguen al mismo tiempo a todas las partes del planeta. En todo momento, hay una parte de la Tierra que recibe los rayos del Sol y otra que queda a oscuras. En la parte iluminada, es de **día**, y en la parte que no recibe la luz, es de **noche**.

Por la misma razón, se suceden varios momentos durante el día y la noche, como el **amanecer**, el **mediodía**, la **tarde** o el **anochecer**.

EL DÍA Y LA NOCHE

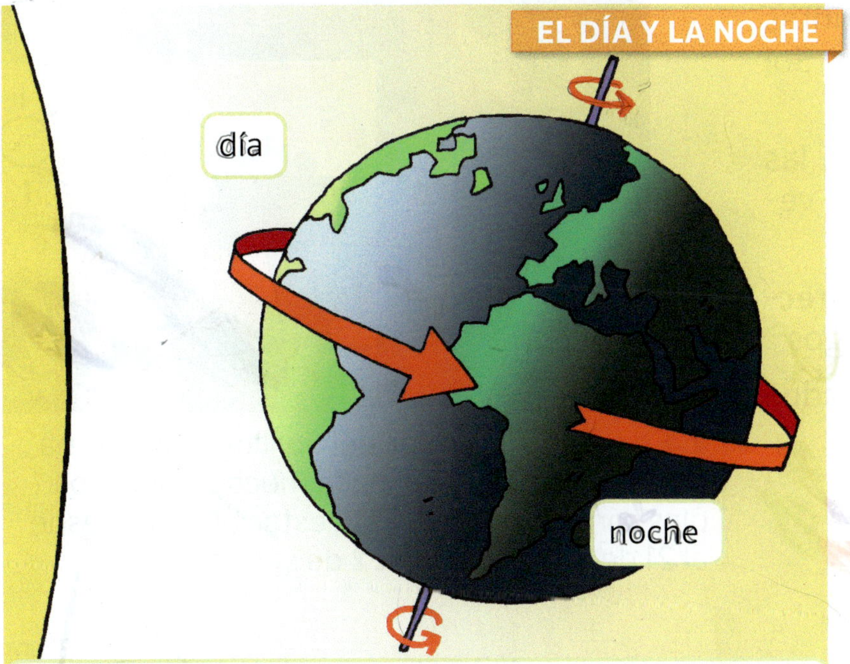

Donde da el Sol es de día. Mientras, la otra mitad del planeta permanece a oscuras durante la noche.

- La Tierra **gira sobre sí misma** ligeramente inclinada y da una vuelta cada 24 horas, es decir, un día completo. Este es el **movimiento de rotación**.
- El **eje de rotación** es la línea imaginaria que atraviesa la Tierra desde el Polo Norte al Polo Sur.
- El movimiento de rotación da lugar a la sucesión del **día** y la **noche**, y nos ayuda a medir el paso de los días.

Actividades

9. Completa las oraciones en tu cuaderno:
   La Tierra gira sobre su ●●● en el movimiento de ●●●. Este movimiento permite que se diferencien el ●●● y la ●●●.

10. Copia en tu cuaderno el dibujo de rotación de la Tierra y señala el Polo Norte, el Polo Sur, el eje de rotación y dónde se encontraría el Sol.

11. ¿Qué ocurriría si la Tierra no rotase sobre su eje?

12. smSaviadigital.com
    PRACTICA Observa cómo es el **movimiento de rotación** y descubre si lo has entendido.

3 El gran viaje de la Tierra

Como sabes, el planeta Tierra se desplaza alrededor del Sol. Para nosotros este movimiento es muy importante porque es el que origina las estaciones del año.

Un viaje cada año

La Tierra tarda **365 días** en dar **una vuelta** alrededor del Sol, es decir, necesita un **año** para completar su órbita. Este movimiento de la Tierra se llama **traslación**.

Las estaciones del año

La Tierra está inclinada. Por ello, durante el movimiento de traslación las distintas partes del planeta reciben los rayos del Sol de manera diferente.

La inclinación del planeta da origen a las cuatro **estaciones del año**: primavera, verano, otoño e invierno.

- Cuando los **rayos del Sol** son más **directos** es verano, y los días son más largos.
- Cuando los **rayos** llegan muy **inclinados** hace más frío.

Observa y comprende La sucesión de

1. En **primavera** comienza poco a poco el calor y los días se alargan. La primavera comienza el día 21 de marzo y finaliza el 20 de junio.

2. En **verano** los rayos del Sol llegan de forma muy directa. Por eso, hace mucho calor y los días son muy largos. Esta estación dura desde el 21 de junio hasta el 22 de septiembre.

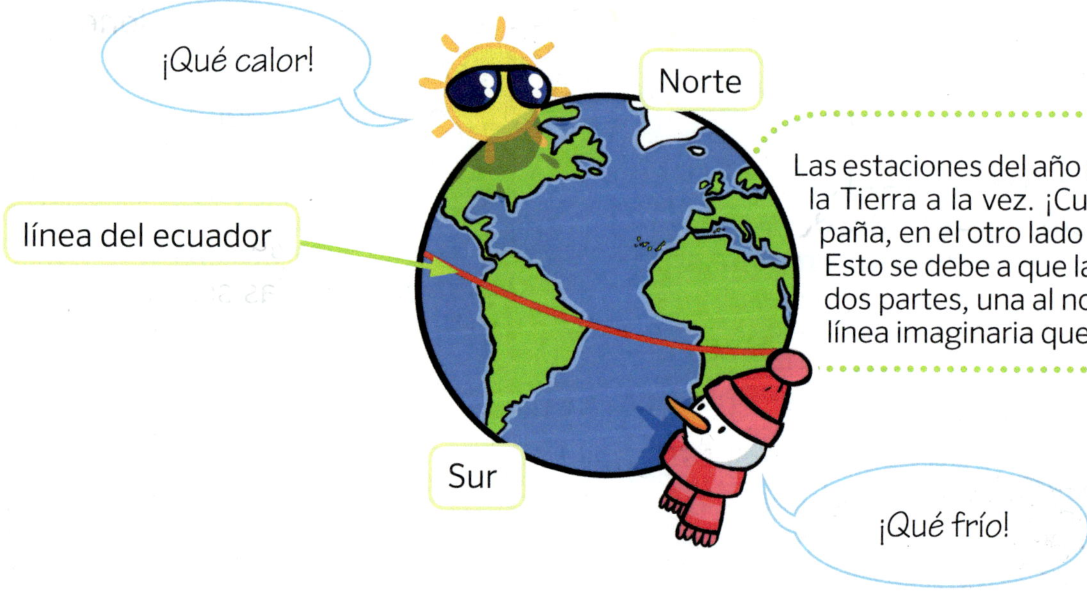

¿Sabías que...?

Las estaciones del año no se producen en toda la Tierra a la vez. ¡Cuando es verano en España, en el otro lado del mundo es invierno! Esto se debe a que la Tierra está dividida en dos partes, una al norte y otra al sur de una línea imaginaria que llamamos ecuador.

las estaciones del año

4. En **invierno** los días son muy cortos y los rayos del Sol llegan con mucha inclinación, por lo que hace frío. El invierno abarca desde el 21 de diciembre al 20 de marzo.

3. En **otoño** los días se acortan. Los rayos del Sol se inclinan un poco y empieza a hacer más frío. El otoño empieza el 23 de septiembre y termina el 20 de diciembre.

- El **movimiento de traslación** es el que realiza la Tierra cuando **gira alrededor del Sol**.
- La Tierra tarda **un año** en completar su órbita alrededor del Sol.
- En cada **estación del año** los rayos del Sol llegan a la Tierra de una forma diferente. En verano llegan de forma más directa.

Actividades

13. Busca el error en estas oraciones y corrígelas en tu cuaderno:
    a) Cuando los rayos del Sol dan de forma directa sobre el lugar donde vivo, los árboles de hoja caduca pierden sus hojas.
    b) En invierno los días son más largos y las noches más cortas.

14. sm**Savia**digital.com
    PRACTICA Observa cómo es el **movimiento de traslación** y descubre si lo has entendido.

4 La Luna

¿Por qué brilla la Luna? ¿Por qué no siempre podemos verla? ¿Por qué cambia de forma cada noche?

La Luna gira a nuestro alrededor

La Luna es el **satélite de la Tierra**. Un satélite es un cuerpo del espacio con forma de esfera que gira **alrededor de un planeta**.

La Luna también **rota sobre sí misma**.

Nuestro satélite tarda **28 días** en completar su movimiento de traslación alrededor de la Tierra, y lo mismo en completar su movimiento de rotación.

Las fases de la Luna

Los satélites **no tienen luz propia**. Por eso, aunque parezca que por las noches la Luna brilla, lo que sucede es que refleja la luz del Sol.

Según su posición, podemos ver la Luna entera, solo una parte o no verla. Son las **fases** de la Luna.

Observa y comprende — La Luna y sus fases

Si te fijas en la Luna durante varios días, verás que no siempre vemos la misma forma. Sin embargo, la Luna no cambia, sino que recibe la luz del Sol de manera diferente mientras gira alrededor de la Tierra. Podemos observar las cuatro **fases de la Luna**, pero ¡siempre vemos la misma cara!

1. La cara visible de la **Luna llena** está totalmente iluminada por el Sol.
2. La **Luna en cuarto menguante** recibe menos luz.
3. La **Luna nueva** no recibe los rayos solares.
4. El **cuarto creciente** recibe de nuevo la luz del Sol.

La Luna mueve los mares

Si alguna vez has jugado en la orilla del mar, habrás notado que en ocasiones el nivel del agua sube mucho y cubre todo lo que había en la orilla. Este movimiento del mar se llama **marea**, y lo provoca la Luna.

La Luna y la Tierra se atraen como imanes, aunque no tienen fuerza suficiente para unirse. Así, la Luna atrae el agua del mar y hace que la marea suba o baje.

¿Sabías que...?

Hace menos de cincuenta años, unos astronautas fueron enviados a la Luna por primera vez.

Desde entonces, se han hecho seis viajes a nuestro satélite y doce personas han paseado sobre su superficie.

- La **Luna** es el **satélite** que gira alrededor de la Tierra. Para dar la vuelta completa necesita **28 días**.
- Las **fases de la Luna** son cuatro: **llena**, **menguante**, **nueva** y **creciente**.
- Las **mareas** se deben a la fuerza de atracción de la Luna sobre la Tierra y el agua del mar.

Actividades

15 ¿Qué es la Luna?

16 ¿En qué se diferencian una estrella, un planeta y un satélite?

17 ¿A qué fases de la Luna corresponden estos dibujos?

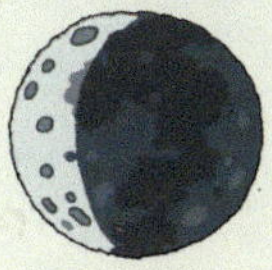

18 Pregúntale a un familiar que tenga más de cincuenta años si recuerda la llegada del ser humano a la Luna.

a) Pídele que te lo cuente.

b) Comparte sus recuerdos con tus compañeros.

19 smSaviadigital.com JUEGA Y APRENDE Juega al tres en raya y descubre lo que sabes de **la Luna**.

5 Formamos parte del universo

Aunque nos parezca increíble, el sistema solar es pequeño si lo comparamos con el universo.

Junto al sistema solar, existen muchas otras estrellas con planetas que giran a su alrededor y satélites que rodean a los planetas. ¿Te imaginas?

¿Dónde estamos?

Nuestro sistema solar forma parte de una **galaxia** que se llama **Vía Láctea**. Cada galaxia es un conjunto de muchas estrellas y planetas que forman sistemas como el nuestro. El sistema solar es solo uno de ellos.

Además de la galaxia en la que vivimos, existen otras muchas en el espacio, al que llamamos **universo**: el universo es el conjunto de **todo lo que existe**.

¿Sabías que...?

Los **cometas** son grandes bolas de hielo que se calientan al acercarse al Sol y dejan un rastro de luz. Se ven cada muchos años.

Los **meteoritos** son rocas que se incendian al acercarse a la Tierra y se convierten entonces en **estrellas fugaces**.

Observa y comprende El universo

Nuestro Sol, nuestro planeta Tierra y su satélite, la Luna, forman parte de una galaxia con muchos otros soles o estrellas, planetas y satélites.

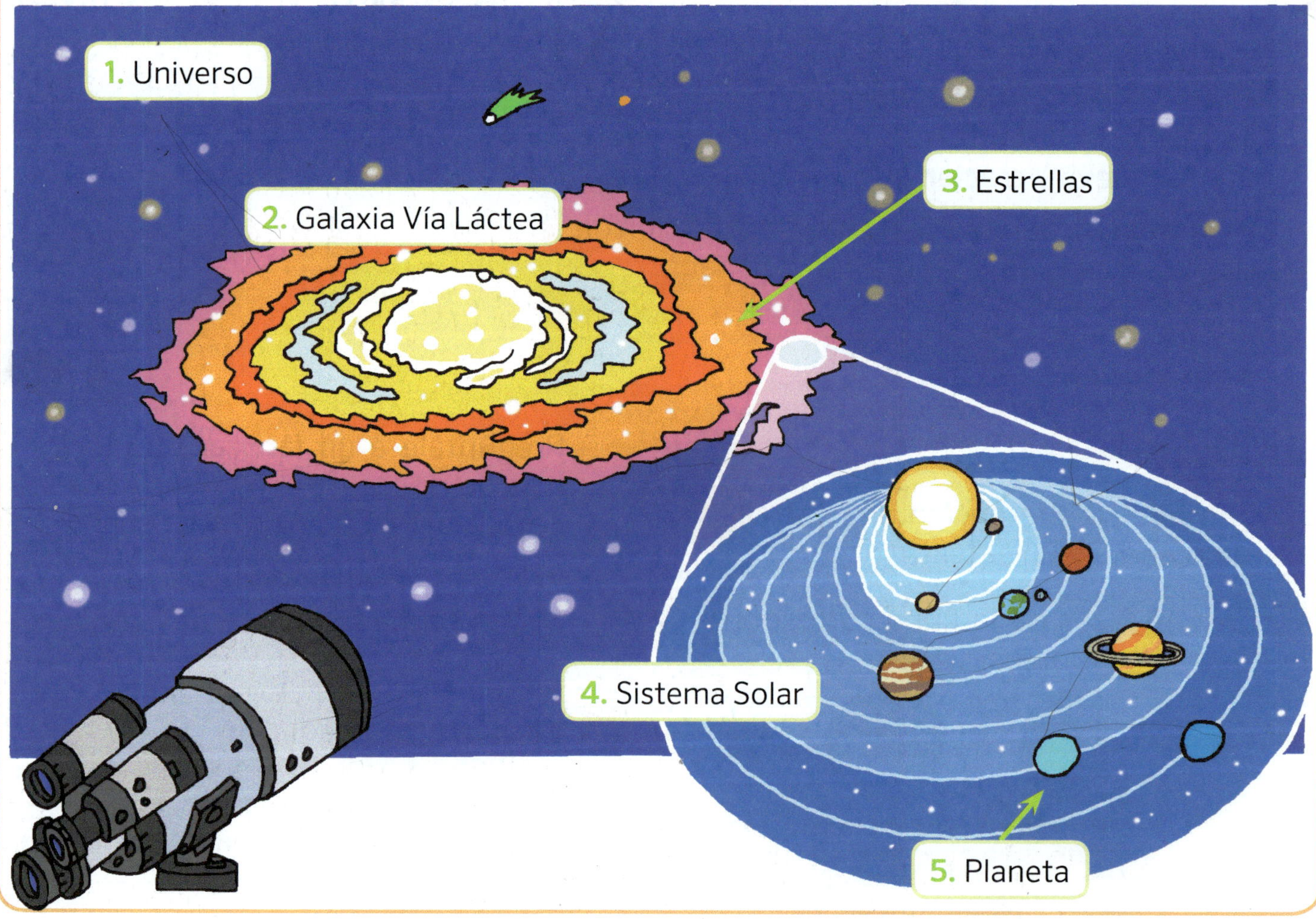

¿Cómo se observa el universo?

El universo es tan grande que solo conocemos una parte muy pequeña de él.

Al mirar al cielo por la noche podemos ver con nuestros **ojos** los pequeños **puntos de luz** de las estrellas.

Para ver algo más, los **astrónomos** que estudian el universo usan **telescopios** terrestres, instalan **satélites artificiales** en el espacio, o lanzan **misiones** de investigación como la que viajó a la Luna.

Estos avances permiten estudiar cuerpos celestes mucho más alejados, aunque aún nos queda mucho por conocer.

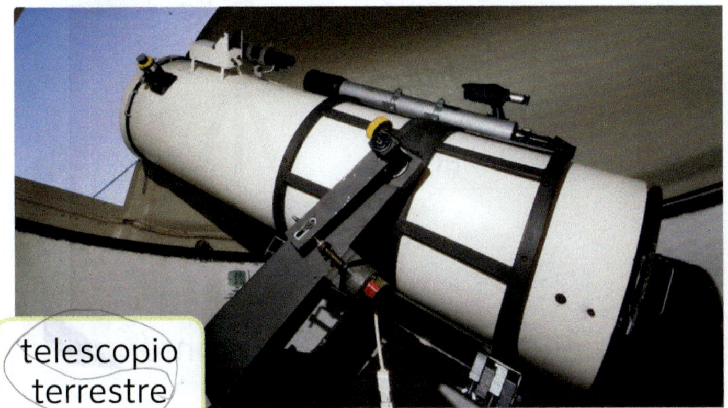

- El **universo** está formado por muchas galaxias.
- El sistema solar pertenece a la **galaxia Vía Láctea**. La Vía Láctea tiene muchas otras estrellas.
- Para estudiar el universo se usan grandes **telescopios** y se lanzan **misiones espaciales**.

Actividades

20 Completa la oración en tu cuaderno.

Nosotros vivimos en el planeta ●●●, en el sistema ●●●, dentro de la galaxia ●●●, que forma parte del ●●●.

21 Copia las columnas y relaciónalas.

Tiene varios planetas ●	● Vía Láctea
Tiene varias estrellas ●	● universo
Tiene varias galaxias ●	● sistema solar

22 ¿Has usado un telescopio?

a) ¿Qué has observado con él?

b) ¿En qué momento del día se ven mejor los cuerpos del espacio?

23 smSaviadigital.com

JUEGA Y APRENDE ¡Averigua cómo funciona **un telescopio**!

Organiza tus ideas

El universo contiene

- galaxias como la ●●●, en la que está el sistema solar.
- el sistema ●●●
  - con sus ocho planetas
  - Mercurio, ●●●, Tierra, Marte, Júpiter, Saturno, Urano y ●●●
  - que giran alrededor del
  - ●●●
- la Tierra
  - con sus dos movimientos
  - rotación y ●●●
  - que dan lugar a
  - el día y la ●●●, y las ●●● del año
- la Luna
  - que presenta
  - cuatro ●●● lunares

Trabaja con el esquema

24 Copia y completa el esquema en tu cuaderno.

25 Completa la tabla sobre el universo:

Cuerpo del espacio	Definición
galaxia	●●●
estrella	●●●
●●●	Cuerpos celestes que giran alrededor de las estrellas.
●●●	Cuerpos celestes que giran alrededor de los planetas.

26 ¿Qué es el sistema solar? Copia el dibujo y nombra los cuerpos del espacio que lo forman.

27 Completa las frases con la información del esquema.

a) La Tierra es nuestro ●●● y gira alrededor del ●●●. La Tierra está en el sistema ●●●.

b) El sistema ●●● está en una ●●● que se llama Vía Láctea.

c) La Vía Láctea es una ●●● que está en el ●●●.

28 ¿En qué parte del esquema situarías este dibujo?

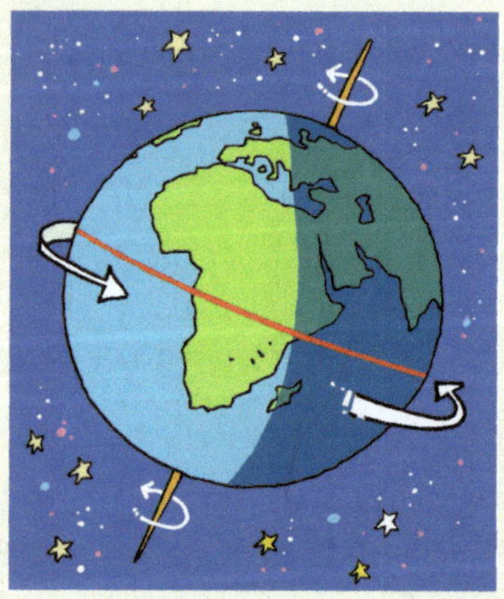

Repasa la unidad

9 Define los términos en tu cuaderno:

Vía Láctea · Tierra · Sol · sistema solar

0 Copia el dibujo en tu cuaderno y nombra las fases lunares. ¿En cuál de ellas la Luna no recibe los rayos del Sol?

1 ¿Qué son los cometas?

2 Copia y completa la siguiente tabla en tu cuaderno.

Cuerpo del espacio	Luz propia
●●●	Sí tiene
planeta	●●●
satélite	●●●

3 Copia las columnas y relaciona cada planeta con su descripción.

Mercurio •	• es el planeta azul
Venus •	• es parecido a la Tierra
Tierra •	• tiene grandes anillos
Marte •	• es el último planeta
Júpiter •	• es el más pequeño
Saturno •	• es el planeta más frío
Urano •	• es el más grande
Neptuno •	• es el planeta rojo

4 ¿Qué es el movimiento de traslación de la Tierra? ¿Qué consecuencias tiene?

35 ¿Cómo llegan los rayos del Sol a la Tierra en invierno? ¿Y en verano?

36 Lee este texto sobre un gran astrónomo y responde a las cuestiones.

Galileo Galilei fue un gran científico italiano que estudió las estrellas.

Galileo inventó el telescopio moderno y pudo observar la Luna.

También hizo otros descubrimientos: descubrió satélites en el planeta Júpiter y demostró que los planetas giran alrededor del Sol.

¡En su época se creía que el Sol giraba alrededor de la Tierra!

a) ¿Quién fue Galileo?

b) ¿Qué aparato inventó? ¿Por qué fue importante?

c) ¿Qué descubrió?

37 smSaviadigital.com

JUEGA Y APRENDE ¡Averigua cómo se vive en una **estación espacial**!

smSaviadigital.com

VALORA LO APRENDIDO Comprueba lo que sabes en la **autoevaluación**.

Ponte a prueba

¿Ciudadanos universales?

En el espacio existe un laboratorio donde participan dieciséis países. ¡Y está en una estación a 450 kilómetros sobre la Tierra!

Allí viven siete científicos de distintos países que observan nuestro planeta y estudian problemas como la contaminación de los mares y del aire.

Formad grupos en clase y contestad a estas preguntas.

1. Si los astronautas son de diferentes países, ¿cómo se comunicarán?
2. ¿Cómo creéis que se preparan para salir al espacio desde la estación espacial?
3. ¿Os gustaría estar allí investigando? ¿Qué podríais aprender?

Tarea final ¡Preparad la maleta!

Para dar a conocer cómo es el sistema solar, vamos a presentar un telediario donde vosotros seréis los enviados especiales.

PASO 1 Por grupos, buscad información y fotografías de los planetas del sistema solar: temperatura, aire, tamaño, color, atmósfera...

PASO 2 Organizad la información. Cada uno debe escribir una redacción que describa el planeta que ha estudiado y cómo se viviría en él.

PASO 3 Presentad el planeta a los compañeros como si estuvieseis allí. ¡Será una conexión en directo!

smSaviadigital.com

VALORA LO APRENDIDO ¿Cómo has trabajado en esta **tarea**?

Tu revista

¿Esquí en verano?

Hace dos millones de años la Tierra sufrió un enfriamiento tan fuerte que dejó de tener estaciones del año: solo había invierno y nunca llovía, siempre nevaba. ¡Era la Edad de Hielo!

En las montañas más altas de Europa, los Alpes, se mantiene el hielo durante todo el año. ¡Hasta se puede esquiar en verano!

En los puntos más alejados del ecuador hay hielo todo el año. ¿Cómo se llaman esos puntos?

Una nevera solar

Los pueblos antiguos se dieron cuenta de que el Sol no solo iluminaba sino que también secaba. Pronto aprendieron a secar el pescado al sol y ¡descubrieron que así se conservaba durante años!

En algunos países se sigue usando esta nevera de calor tan peculiar.

¿Qué es el Sol? ¿Por qué seca el pescado?

Un millón de meteoritos por hora

Cada hora llegan un millón de meteoritos a la Tierra. Por suerte, nuestro planeta tiene una capa de aire alrededor que los deshace y evita que nos hagan daño. Esa capa de aire se llama atmósfera.

¿Con qué instrumento veríamos a estos meteoritos deshacerse?

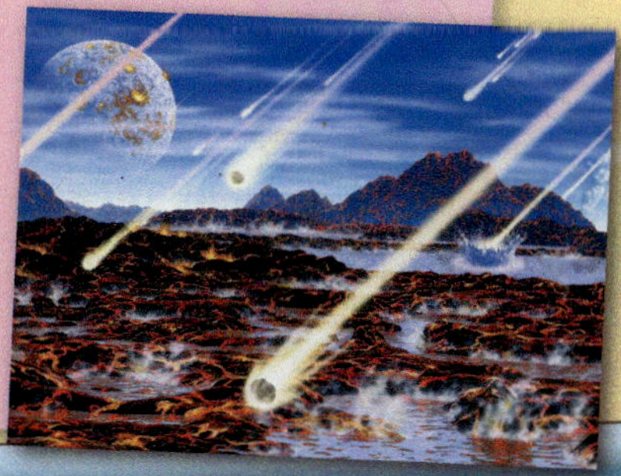

Planet 51

En la película animada *Planet 51* un astronauta llega a un planeta desconocido que tiene una atmósfera como la de la Tierra.

¿Sabes si el Planeta 51 está en nuestro sistema solar?

¿Un trozo de la Tierra?

Algunos científicos creen que, hace millones de años, un meteorito impactó contra la Tierra y un trozo de nuestro planeta salió despedido.

Ese trozo de planeta se alejó poco a poco y se convirtió en nuestro satélite, la Luna. Desde entonces, la Luna se aleja lentamente de nosotros.

¿Qué es un satélite?

2 La Tierra, un planeta diferente

¡Tierra a la vista!

Los antiguos navegantes no tenían mapas ni modernos sistemas de orientación, como el navegador GPS de un coche. Entonces, ¿cómo lograban encontrar su rumbo en medio del mar? La respuesta es sencilla: ¡mirando las estrellas!

De día, los marineros se fijaban en el lugar por donde salía el Sol, y este los guiaba hasta que anochecía. Durante la noche, seguían la salida y la puesta de alguna estrella muy brillante.

Con el paso de los años, los marineros inventaron otros instrumentos, como la brújula, para surcar los grandes océanos del planeta y poder gritar con seguridad… ¡Tierra a la vista!

Hablamos

1. ¿Qué cuerpos del espacio usaban los antiguos navegantes para orientarse en el océano?
2. ¿Cómo se están orientando los marineros que van en este barco? ¿Por qué?
3. Estos marineros surcan los mares en busca de un continente, y usan el viento para navegar. ¿Sabías que el agua que surcan, la tierra que buscan y el aire que utilizan forman las tres partes nuestro planeta?

¡Qué importante es... observar para aprender!

Cuando no existían aparatos para orientarse, las personas solo podían mirar el cielo y el paisaje para saber hacia dónde ir. ¡Gracias a su gran capacidad de observación, hallaban muchas pistas para comprender la naturaleza!

Tarea final

Aprende a orientarte y encuentra un tesoro en el plano de tu clase.

1 Entre la Tierra y el universo

La Tierra es un planeta muy especial, pues tiene agua y aire. Gracias a ellos podemos vivir.

¿Qué es la atmósfera?

La capa de aire que rodea la Tierra y la separa del universo se llama **atmósfera**.

La atmósfera nos protege de los rayos solares y mantiene las temperaturas en la Tierra. Por eso decimos que la atmósfera **permite que nuestro planeta sea habitable**.

LAS PARTES DE LA ATMÓSFERA

1. La **parte alta** está compuesta por muchas capas y apenas tiene aire.

2. La **parte baja** de la atmósfera contiene el aire y el agua de la lluvia. En ella se producen los fenómenos atmosféricos, como la lluvia, la nieve, el viento, etc.

¿De qué está hecha la atmósfera?

El aire de la atmósfera está compuesto por **varios gases**. Los gases no se ven, pero sabemos que el aire **pesa** y ocupa un **espacio**. ¡Si hinchas un globo puedes comprobarlo!

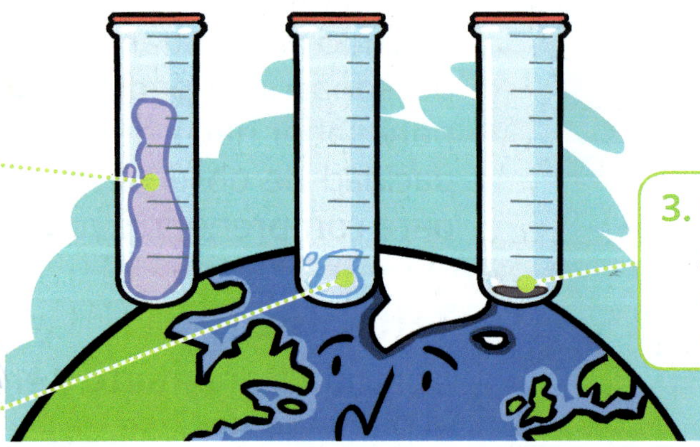

1. El gas más abundante en el aire es el **nitrógeno**.

2. El **oxígeno** es el gas que nos permite respirar.

3. En el aire hay **otros gases**, como el dióxido de carbono o el **vapor de agua**.

La contaminación de la atmósfera

Estamos acostumbrados a tener comodidades, como calentar las casas, viajar en coche o usar la nevera. Pero estos aparatos producen **gases que contaminan** el aire, por lo que debemos **usarlos en la justa medida**.

Con la contaminación dañamos la atmósfera que los seres vivos necesitamos para respirar.

Una alternativa al coche es utilizar la bicicleta.

¿Sabías que...?

El aire que llevan las botellas de los buzos es el mismo que respiramos. Para meterlo en las botellas se comprime: así cabe una mayor cantidad.

- **¿Qué gases contiene la atmósfera? ¿Cuál necesita este buzo para respirar?**

- La **atmósfera** es la capa de aire que **rodea la Tierra**.
- El aire de la atmósfera se compone de una **mezcla de gases**, entre ellos el oxígeno que nos permite respirar.
- Algunas actividades humanas alteran la composición del aire y **contaminan** la atmósfera.

Actividades

1. Define qué es la atmósfera.
2. ¿En qué partes se divide la atmósfera? Explica sus características.
3. ¿Qué gas es el más abundante en el aire? ¿Cuál usamos al respirar?

   dióxido de carbono | oxígeno | nitrógeno | vapor de agua

4. Explica la siguiente afirmación:

   La atmósfera es un escudo y un abrigo.

2 El planeta azul

Ya sabes que a la Tierra se la denomina el planeta azul. ¿Recuerdas a qué se debe?

¿Qué es la hidrosfera?

La mayor parte de la superficie de la Tierra está ocupada por **acumulaciones de agua**: océanos, mares, ríos, pantanos, lagos, glaciares y aguas subterráneas. Esta **capa** de agua de la Tierra se llama **hidrosfera**.

¿Dónde está el agua del planeta?

El **agua** de la hidrosfera se halla en diferentes **estados**:

- La mayor parte del agua de la Tierra se encuentra en **estado líquido**, como en los mares, los ríos y los lagos. La mayor cantidad se halla en los océanos y los mares.
- En la atmósfera hay agua en **estado gaseoso**, como la que forma las nubes. Se trata de vapor de agua que se produce cuando el agua líquida se calienta.
- En las zonas más frías del planeta el agua se encuentra en **estado sólido**, como en la nieve o el hielo.

¿Sabías que...?

No toda el agua de la hidrosfera es igual. Los océanos y los mares están formados por agua salada, mientras que los ríos y los lagos son acumulaciones de agua dulce.

- **¿Qué agua es más abundante en la Tierra, el agua dulce o la salada?**

¿En qué consiste el ciclo del agua?

El agua cambia constantemente de estado al circular por el planeta. Esta circulación se conoce como el **ciclo del agua**.

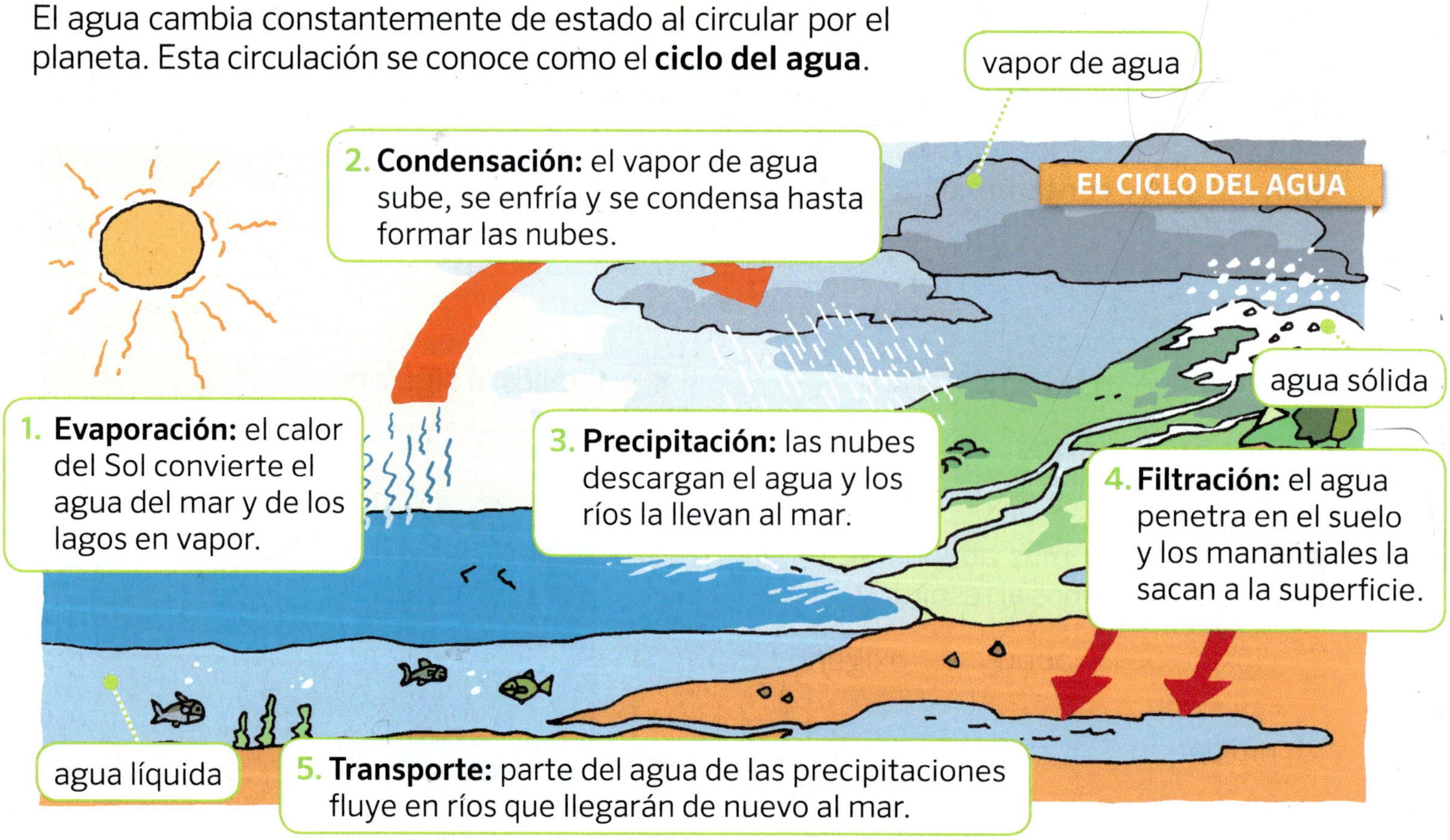

El agua es un recurso escaso

El agua dulce es un elemento **esencial para la vida** y se utiliza en muchas **actividades** humanas:

- En **casa**, para beber, lavarnos, limpiar, cocinar...
- En la **agricultura** y la **ganadería**, para regar cultivos y cuidar de los animales.
- En las **industrias**, para fabricar productos.

Las personas solo podemos aprovechar una parte del agua dulce del planeta. Por eso se dice que el agua es un **recurso escaso** y, en lugares donde llueve poco, puede llegar a agotarse. Debemos **usarla de forma responsable**.

LA DEPURACIÓN DEL AGUA

1. Cuando abrimos el grifo obtenemos **agua potable** que podemos beber.

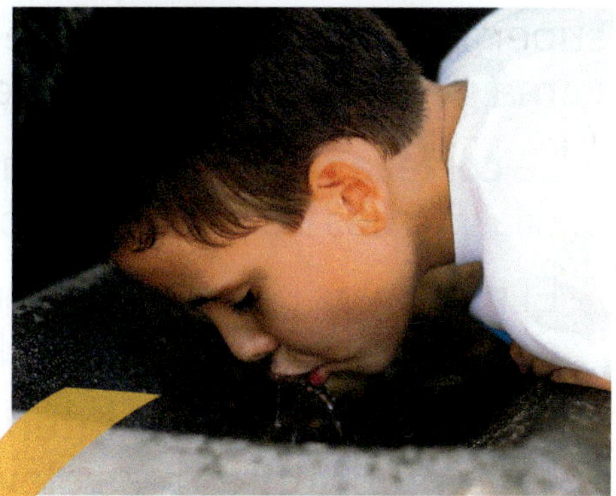

2. Después de usarla, los **desagües** se llevan el agua sucia y tóxica.

3. El agua se **depura** para limpiarla y que no llegue contaminada a los ríos y al mar.

4. El **agua depurada** ya no se puede beber, pero solo se puede usar para regar o en procesos industriales.

- La **hidrosfera** es la capa de agua que cubre parte de la superficie terrestre.
- El **agua en la Tierra** se puede encontrar en **tres estados** distintos: líquido, gaseoso o sólido.
- El agua circula en el **ciclo del agua**.
- El agua es un recurso escaso del que tenemos que hacer un **uso responsable**.

Actividades

5. ¿Qué es la hidrosfera? Nombra cuatro acumulaciones de agua.
6. ¿Qué representan estas palabras en relación con el agua?

   sólido | gaseoso | líquido

7. Escribe en tu cuaderno las cosas que haces cada día con el agua.
8. smSaviadigital.com
   COMPRENDE Observa el **ciclo del agua**. Dibuja y describe el proceso en tu cuaderno.

3 La gran esfera de rocas

En la playa pisamos arena bajo el agua: son rocas deshechas. ¿De dónde salen?

¿Qué es la geosfera?

La Tierra está formada por rocas, desde el interior hasta la superficie. La **capa** sólida de **rocas** de nuestro planeta se llama **geosfera** y se compone de **tres partes**:

- La **corteza terrestre** es la parte más **externa** y **delgada**. En ella vivimos las personas y otros muchos seres vivos.
- El **manto** es una parte **intermedia**, la más **gruesa** de todas. De ella sale la lava de los volcanes.
- El **núcleo** es la parte **interior** de la Tierra, donde se dan las **temperaturas** más **elevadas**.

LAS CAPAS DE LA GEOSFERA

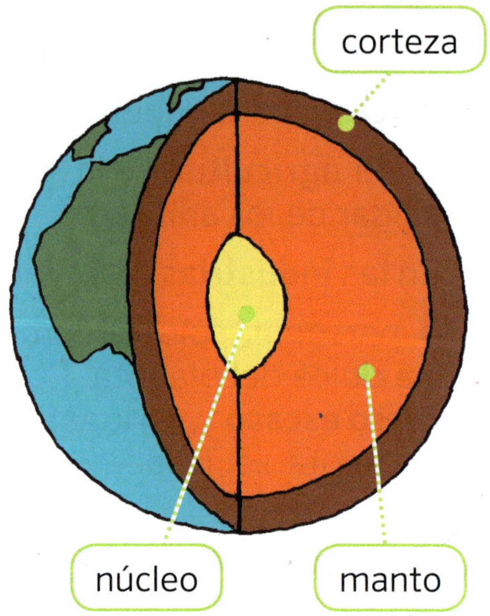

¿Qué son los continentes?

Los **continentes** y las **islas** son extensiones de roca que sobresalen de la superficie de los océanos. Pertenecen a la **corteza terrestre**.

La Tierra tiene **seis continentes**: América, Europa, África, Asia, Oceanía y la Antártida, separados entre sí por los mares y los océanos. A la vez, bajo el agua de los océanos también hay tierra: la de los **fondos marinos**.

smSaviadigital.com COMPRENDE ¿Qué fue el **Pangea**?

LOS CONTINENTES

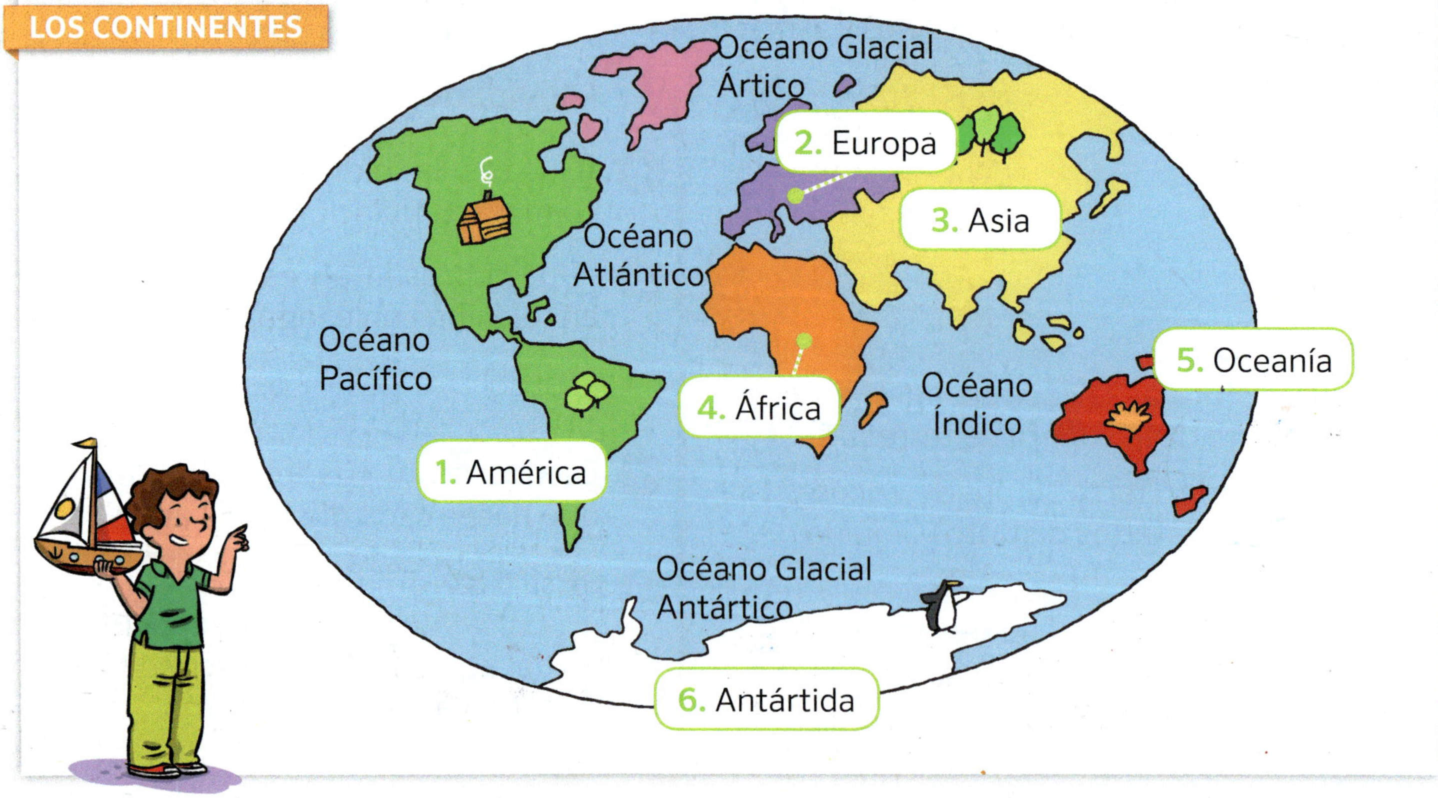

Taller de Geografía

¡La Tierra en nuestras manos!

Sigue los pasos para fabricar una geosfera de plastilina.

Materiales

- Plastilina de color verde, azul, amarillo, marrón y naranja
- Un cuchillo de modelar plastilina

1

Paso 1
Modela una bola de plastilina amarilla, que representará el núcleo de la Tierra.

2

Paso 2
Cubre esa primera bola con una capa gruesa de plastilina naranja, que representará el manto.

3

Paso 3
Cubre la bola con plastilina azul y añade islas y continentes con plastilina verde o marrón.

9 Con ayuda del profesor, corta la esfera en dos. ¿Qué ves? Anota en el cuaderno lo que has observado.

- La **geosfera** es la capa de **rocas** que forma la Tierra.
- Las **tres partes** de la geosfera son la **corteza**, el **manto** y el **núcleo**.
- Los **continentes** son grandes extensiones de roca que sobresalen por encima del agua.

Actividades

10 ¿A qué se refieren cada uno de estos términos? Defínelos en tu cuaderno.

núcleo · manto · geosfera · corteza

11 ¿Cómo se llama el océano que se encuentra entre África y América?

12 ¿Qué sucede en esta fotografía? ¿Qué consecuencias tiene?

Párate a pensar

Hasta ahora has estudiado cuáles son las capas de la Tierra y los principales elementos que hay en cada una de ellas.

Antes de seguir, asegúrate de que lo has comprendido.

13 Observa esta imagen y lee la información que aparece en los carteles.

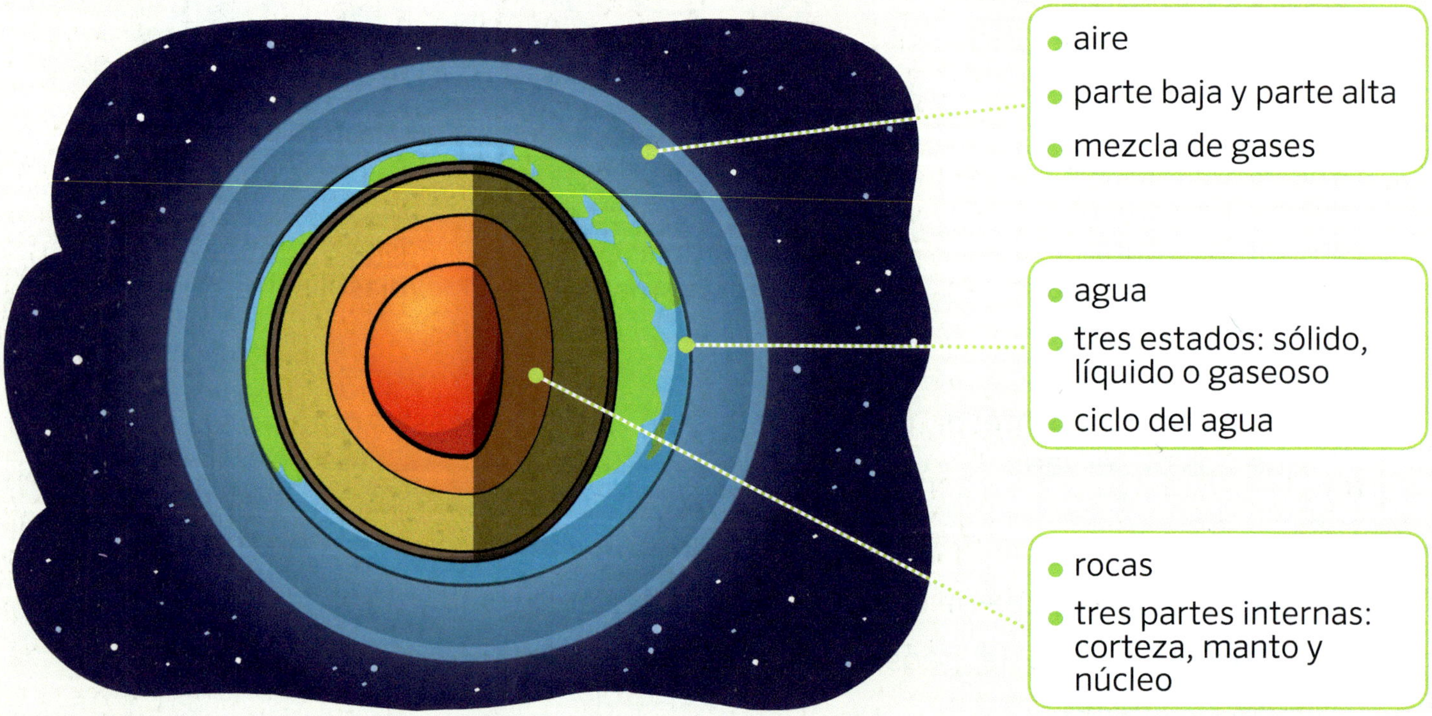

14 Ahora sigue este modelo de esquema y complétalo en tu cuaderno con la información que aparece en la imagen anterior.

Las capas de la Tierra

- **La ●●●** →
  - es la capa de ●●● que rodea la Tierra.
  - tiene una parte ●●● y otra ●●●.
  - está formada por una mezcla de ●●●.
- **La hidrosfera** →
  - es la capa de ●●●.
  - puede estar en tres estados: ●●●.
  - el agua circula en el ●●●.
- **La ●●●** →
  - es la capa de ●●●.
  - está formada por tres capas ●●●

15 Evitar la contaminación del planeta es un gran reto que afecta a todas las personas. Lo que tiramos al suelo, lo que no reciclamos, los árboles que se arrancan, los ríos que se contaminan... Todas estas acciones dañan nuestro planeta. Para evitarlo tenemos que cuidar mejor la Tierra y practicar la norma de las tres erres:

Reducir **R**eciclar **R**eutilizar

¿Cómo podrías aplicar la norma de las tres erres a tu vida diaria? Escribe una redacción en tu cuaderno con ayuda de la información de las cajas.

basura suciedad consumo	papel vidrio plástico	juguetes objetos usados

Crea tu ciclo del agua

¿Hay siempre la misma cantidad de agua en la Tierra? ¿A dónde va el agua cuando se seca un río? Este experimento podrá ayudarte a comprenderlo. ¡Vamos a representar un pequeño ciclo del agua!

Materiales... ¡reciclables!

- Una botella transparente
- Piedras y arena
- Un recipiente pequeño
- Papel transparente de cocina

Corta la botella y pon una capa de piedras y otra de arena seca.

Coloca un recipiente pequeño con un poco de agua sobre la arena.

Cubre todo con papel transparente, colócalo al sol y espera unos días.

16 Observa el agua del recipiente pequeño al cabo de dos días. ¿Hay más o menos líquido?

17 ¿Por qué hay gotas de agua en la botella?

18 ¿Cómo está la arena de la superficie que cubre las piedras? ¿Qué crees que ha pasado?

4 ¿Cómo se representa la Tierra?

Hoy día sabemos que nuestro planeta es esférico como una pelota. Sin embargo, hace siglos, los europeos creían que la Tierra era plana y que cuando llegabas al borde te caías. ¿Te imaginas?

Gracias a la ciencia, los satélites y las representaciones de la Tierra actuales nos ayudan a conocer mejor nuestro planeta.

¿Qué es un globo terráqueo?

El globo terráqueo es una **esfera que representa la Tierra** con exactitud, pero a un tamaño menor que el real.

En el globo podemos apreciar los principales elementos de la Tierra. Observa estos ejemplos:

LAS PARTES DEL GLOBO TERRÁQUEO

1. El **hemisferio norte** es la mitad del globo situado por encima del ecuador.
2. El **hemisferio sur** es la mitad que se encuentra por debajo del ecuador.
3. El **ecuador** es la circunferencia imaginaria que divide horizontalmente la Tierra en dos hemisferios.
4. Los **polos** son los extremos de la Tierra más alejados del ecuador.
5. El **eje de rotación** de la Tierra se representa por el eje del globo, que lo atraviesa por el centro y une los polos.

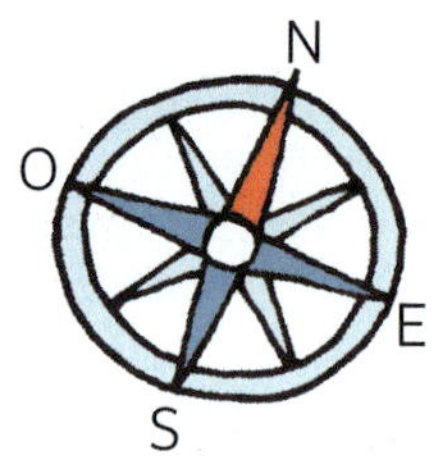

Observa el globo terráqueo

19 El continente que aparece a la izquierda del globo terráqueo es África. ¿Qué océano es el que se ve a su derecha? ¿Ves algún otro continente? ¿Cuál?

¿Cómo se representa la Tierra en un plano?

Un **mapa** es una **representación** de la Tierra sobre un plano, a un tamaño menor que el real. Los mapas se orientan a los cuatro **puntos cardinales**: norte, sur, este y oeste.

Hay muchos tipos de mapas: los **planisferios** representan toda la superficie de la Tierra, los del tiempo muestran fenómenos atmosféricos, los de carreteras nos ayudan en los viajes, etc. En general, se agrupan en:

- Los mapas **físicos**, que muestran la superficie natural.
- Los mapas **políticos**, que muestran los países u otras divisiones creadas por las personas.

LA LECTURA DE UN MAPA

1. En los mapas se señalan los **puntos cardinales**.

2. Se representa la información con **dibujos, colores o símbolos**.

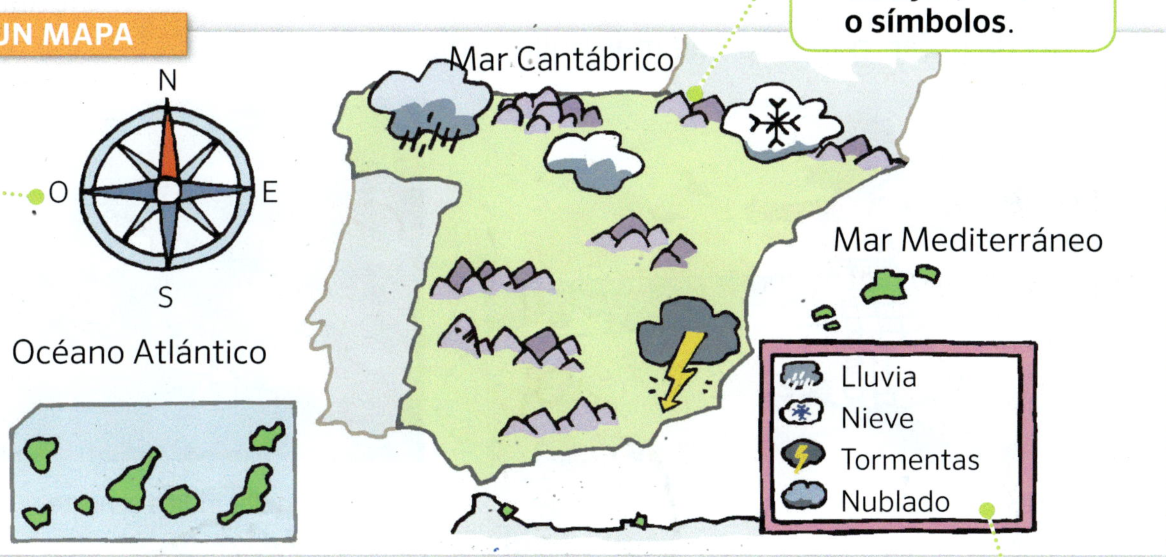

3. La **leyenda** explica los símbolos del mapa.

- El **globo terráqueo** es una esfera que representa la Tierra con **exactitud**.
- El **mapa** es una **representación plana** de la Tierra o de parte de ella.

Actividades

20 Completa las frases en tu cuaderno:

a) La Tierra está dividida en dos ••• por la circunferencia llamada •••.

b) La Tierra rota sobre una línea recta denominada •••.

21 ¿En qué se parecen y se diferencian un globo terráqueo y un planisferio?

22 Dibuja un plano de la clase y crea una leyenda con las mesas de los alumnos, la del profesor y la pizarra.

23 smSaviadigital.com JUEGA Y APRENDE Juega y explica en tu cuaderno cómo se interpreta la **leyenda de un mapa**.

5 Nos orientamos por el planeta

¿Cómo te orientarías en un bosque? ¿Y de noche? ¿Y en un mapa? ¡Fácil! ¡Solo tienes que encontrar el norte!

¿Cómo se buscan los puntos cardinales?

Los cuatro **puntos cardinales** son **norte (N)**, **sur (S)**, **este (E)** y **oeste (O)**, y sirven para orientarnos. Si queremos saber dónde está el norte, podemos usar estas pistas:

- La **brújula** siempre **indica** el **norte**.
- El **musgo** necesita mucha sombra y humedad, por eso crece más en el lado **norte** de los árboles.
- El **Sol** sale por el **este** y se pone por el **oeste**. Usando nuestra sombra sabremos dónde buscar el norte.
- La **estrella polar**, que es la que más brilla, indica el **norte**.

Observa las imágenes

24 Mira la ilustración de la niña. ¿En qué punto cardinal está su sombra? ¿Dónde estará al anochecer?

25 ¿Hacia dónde tendrá que mirar el niño para ver salir el Sol por la mañana?

El Sol sale por el este.

La estrella polar indica el norte.

- Los **paralelos** y los **meridianos** son líneas imaginarias que sirven para localizar un punto en la superficie terrestre.

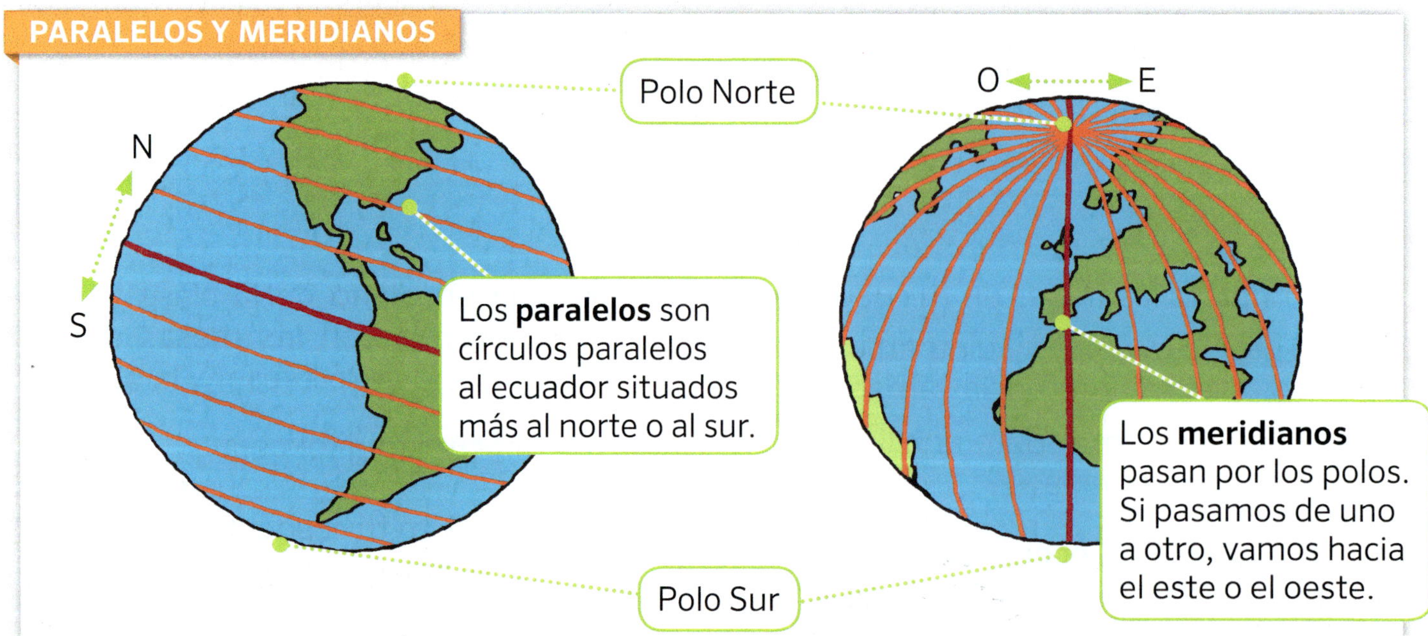

Taller de Geografía

Construye tu brújula

Vamos a construir una brújula casera paso a paso.

Materiales

- Aguja
- Imán
- Plato con agua
- Corcho de botella
- Papel celo

Paso 1
Frota la punta de la aguja con uno de los polos del imán en una dirección.

Paso 2
Coloca la aguja en el centro del corcho y fíjala con papel celo.

Paso 3
Introduce el corcho en el plato con agua.

Paso 4
Rápidamente, la punta indicará el norte.

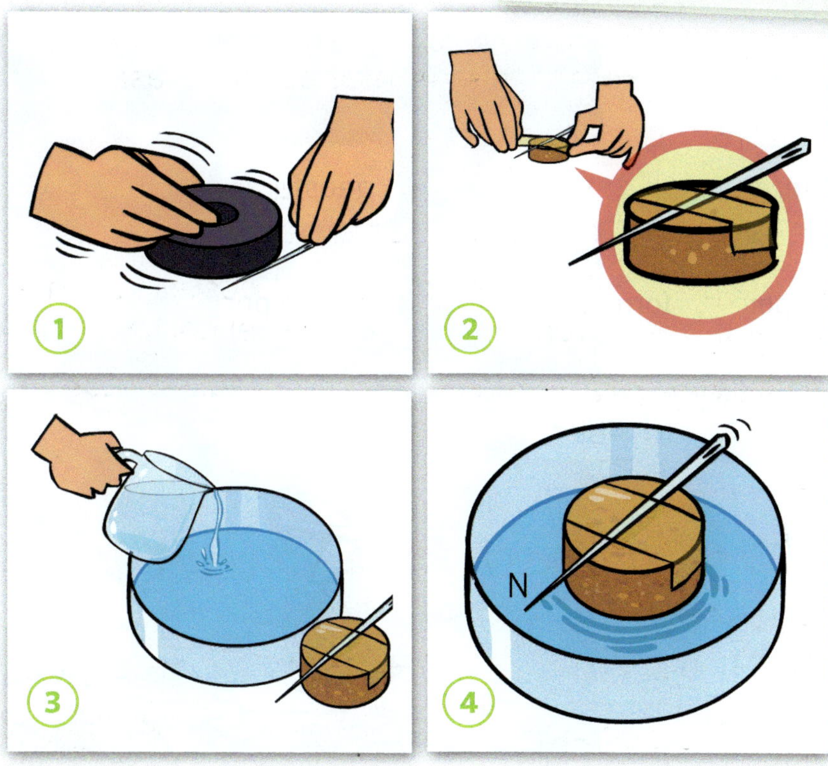

26 Dibuja en un papel una cruz con los puntos cardinales. Gíralo hasta que el norte de tu dibujo coincida con la dirección que señala la brújula que habéis construido.

- Los **puntos cardinales** sirven para orientarse, y son **norte**, **sur**, **este** y **oeste**.
- Los **paralelos** son circunferencias paralelas al **ecuador** y los **meridianos** pasan por los **polos**.

Actividades

27 Copia la información y relaciona cada pista con un punto cardinal.

opuesto al norte •	• norte
salida del sol •	• sur
la estrella polar •	• oeste
puesta de sol •	• este

28 ¿Qué son los paralelos? ¿Y los meridianos? Explica para qué sirven.

29 smSaviadigital.com
PRACTICA Aprende más sobre la **brújula**, para qué sirve y por qué se llama así.

Organiza tus ideas

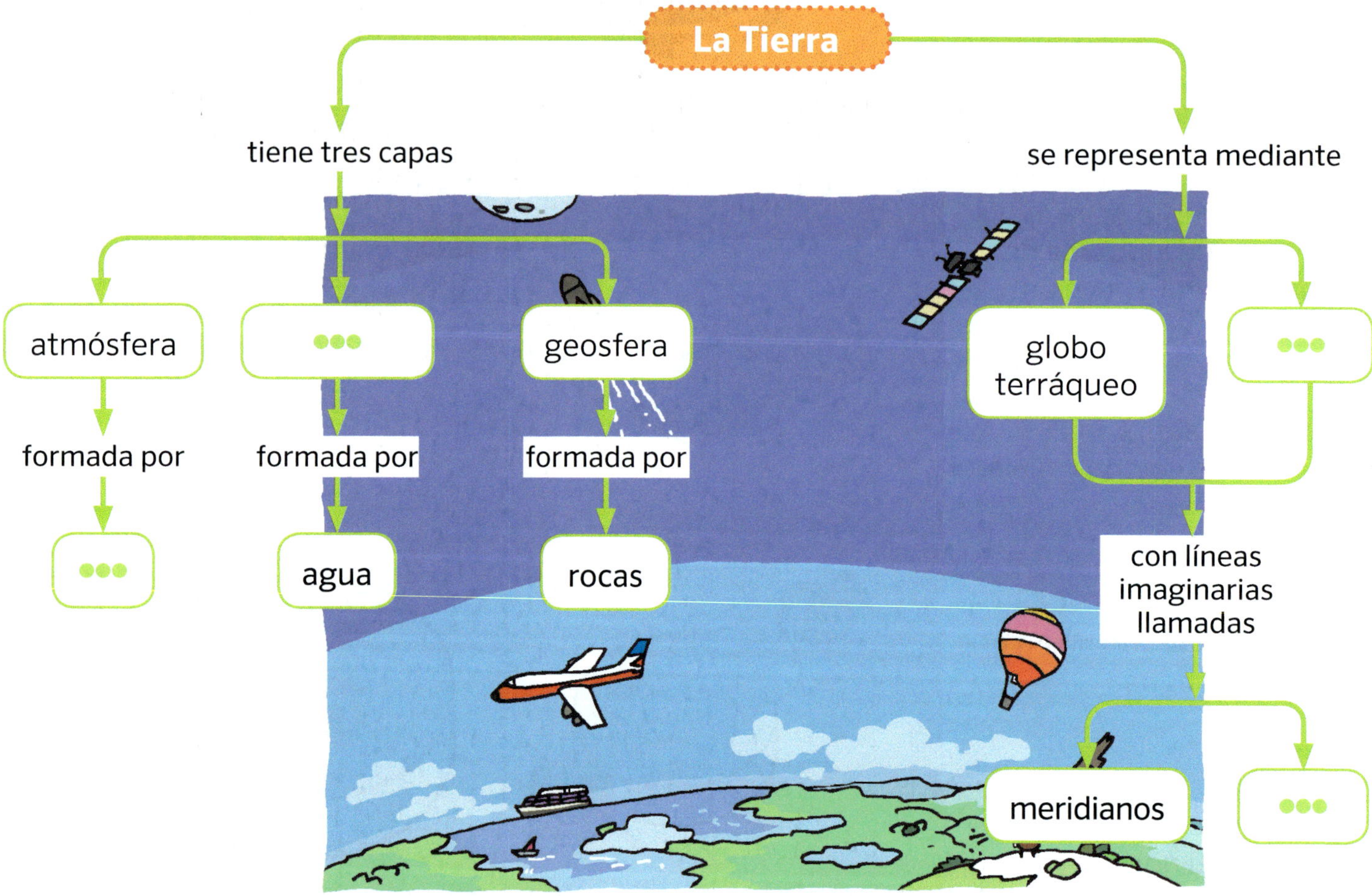

Trabaja con el esquema

30 Copia y completa el esquema en tu cuaderno.

31 Completa esta tabla con la información que conoces.

Capas de la Tierra	●●●	hidrosfera	●●●
Formada por	aire	●●●	●●●

32 ¿En qué parte del esquema situarías estas imágenes?

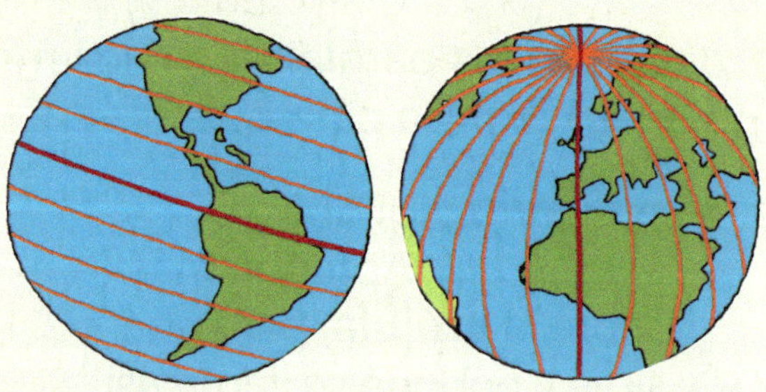

33 Explica las maneras de representar la Tierra que conoces. ¿Cuál representa la forma real del planeta?

34 Completa en tu cuaderno el diagrama sobre las capas de la geosfera.

Repasa la unidad

35 Dibuja la atmósfera y señala los siguientes datos:

a) Las partes en que se divide.

b) La zona donde vive el ser humano.

c) El lugar donde se producen la lluvia y otros fenómenos atmosféricos.

36 Copia y completa la tabla con los continentes y océanos de la Tierra.

Continentes	Océanos
●●●	●●●

37 Fíjate en este globo terráqueo y responde a las siguientes cuestiones.

a) ¿Qué letra señala el ecuador? ¿Y los hemisferios? ¿Y el eje de rotación?

b) Explica qué son la línea del ecuador y el eje de rotación de la tierra.

38 Dibuja una brújula en tu cuaderno:

a) Señala los puntos cardinales.

b) Busca información y sitúa también estos puntos.

sureste · noroeste · noreste · suroeste

39 Observa el mapa y responde a las cuestiones.

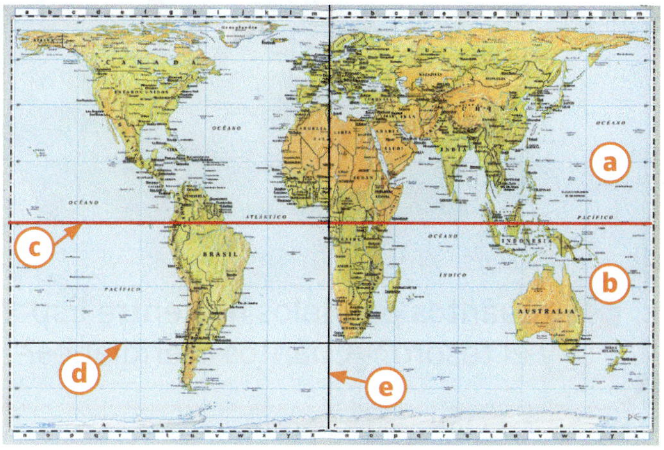

a) ¿Cómo se llama esta representación de la Tierra?

b) Relaciona las zonas señaladas con letras con los siguientes nombres:

ecuador, hemisferio norte, hemisferio sur, paralelo, meridiano

40 Imagina que eres un antiguo navegante que descubre nuevas tierras.

a) Describe el lugar que encuentras.

b) ¿Cómo te has orientado en el mar?

41 sm**Savia**digital.com
JUEGA Y APRENDE Juega y localiza los **barcos en el océano**.

sm**Savia**digital.com
VALORA LO APRENDIDO Comprueba lo que sabes en la **autoevaluación**.

Ponte a prueba

Somos piratas

El primer paso para ser un auténtico pirata es hacerse con un tesoro. Comprueba si serías capaz de encontrar el tuyo en este plano.

1 ¿Cuántos paralelos hay entre España y el tesoro? ¿Cuántos meridianos?

2 ¿Entre qué dos continentes debes viajar? ¿Qué océano surcarías?

Tarea final **En busca del tesoro**

Ahora que sabéis orientaros, usad el plano de la clase para buscar un tesoro.

PASO 1 Dibuja un plano de la clase y divídelo en partes, como en el dibujo. La pizarra indicará el norte.

PASO 2 Nombra las columnas con letras y las filas con números.

PASO 3 Esconde un tesoro en una casilla y dibuja el camino para llegar a él. Usa los puntos cardinales para explicar a tu compañero cómo encontrarlo.

Paso	Coordenadas	Puntos cardinales
1	De F-2 hacia E-2	Se avanza de este a oeste
2	De E-2 hacia E-3	●●●

smSaviadigital.com

VALORA LO APRENDIDO ¿Cómo has trabajado en esta **tarea**?

Tu revista

¡Es como estar en una colchoneta!

¿Qué es Asia?

El Mar Muerto

Cuanta más sal hay en el agua, más flotamos al bañarnos. El Mar Muerto, en Asia, tiene tanta sal que la gente que se baña allí puede leer el periódico mientras flota.

¡Un poco de sal!

¿Parece hielo? No, ¡es una montaña de sal!

El agua de los mares y océanos del mundo contiene muchísima sal.

Si pudiéramos sacarla de allí y almacenarla sobre los continentes, tendríamos que vivir sobre una capa de sal de la altura de un edificio de 40 plantas. ¡Mejor lo dejamos todo tal y como está!

Madagascar

Los animales de la película *Madagascar* huyen de un zoo en América del Norte y viajan a África.

¿Qué océano tienen que atravesar?

El primer viaje alrededor de la Tierra demostró que el planeta era casi una esfera. ¿Qué forma se pensaba que tenía hasta entonces?

¡Era redonda!

Las primeras personas que dieron una vuelta entera al mundo lo hicieron en una expedición organizada por España, hace unos quinientos años. Su viaje duró casi tres años. ¡Ahora, un avión da una vuelta completa a la Tierra en solo dos días!

¡A ver si llego pronto a casa!

¡Menuda tormenta!

Cuando el vapor de agua se enfría muy deprisa, se forman enormes tormentas y las gotas de agua se congelan y caen convertidas en bolas de hielo desde el cielo. Es el granizo.

A veces, las bolas de granizo son tan grandes que tienen el tamaño de una pelota de tenis.

Al caer, destrozan los coches y los cristales de las casas.

¿Dónde se produce el granizo?

Comprueba lo que has aprendido

Test

¿Puedes recordar todo lo que has aprendido durante este trimestre? ¡Compruébalo!

1. ¿Qué es el Sol?
   A. Un planeta.
   B. Un satélite.
   C. Una estrella.

2. ¿Cómo es la Tierra?
   A. Es plana.
   B. Esférica y de color azulado.
   C. Esférica y de color rojizo.

3. La órbita es...
   A. el camino que recorren los planetas alrededor de una estrella.
   B. algo esférico.
   C. un cuerpo celeste.

4. Nombra todos los planetas del sistema solar.

   A. Luna, Sol, estrella, cometa y órbita.
   B. Mercurio, Venus, Tierra, Marte, Júpiter, Saturno, Urano y Neptuno.
   C. Sol, Tierra, Marte, Urano y Luna.

5. El movimiento de traslación que hace la Tierra da lugar a...
   A. la sucesión del día y la noche.
   B. la sucesión de las horas.
   C. la sucesión de las estaciones.

6. Observa la imagen. ¿Qué representa?

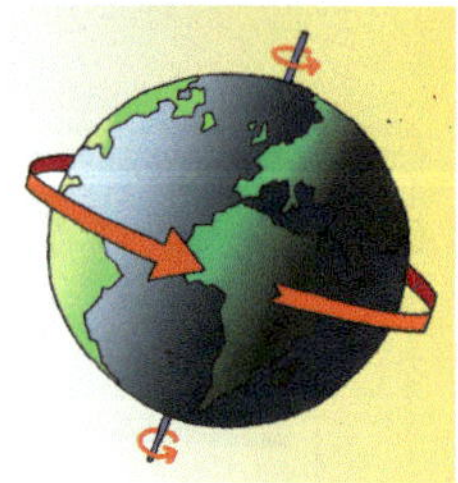

   A. El movimiento de traslación que hace la Tierra.
   B. El movimiento de rotación de la Tierra.
   C. El planeta Venus.

7. ¿Por qué crees que es tan importante la atmósfera?
   A. Porque permite que nuestro planeta sea habitable.
   B. Porque deja pasar los rayos del Sol.
   C. Porque está compuesta de dos partes distintas.

8. ¿En qué formas o estados puede estar el agua de la hidrosfera?
   A. Estados compuesto o simple.
   B. Estados sólido, líquido o gaseoso.
   C. Sin color ni sabor.

9. ¿Qué partes tiene la geosfera?

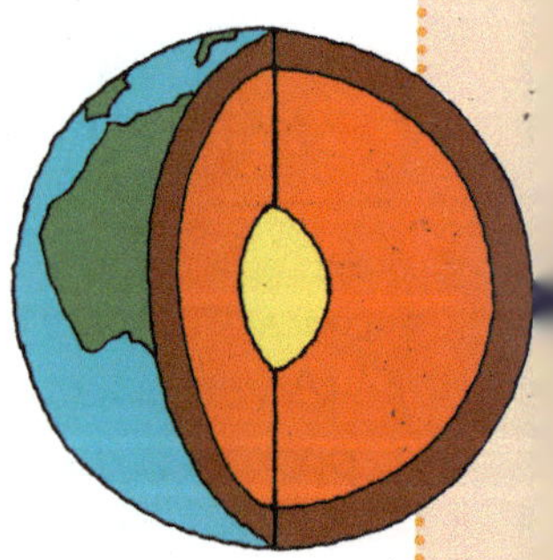

   A. Corteza, manto y núcleo.
   B. Hidrosfera, geosfera y atmósfera.
   C. A y B son incorrectas.

10. ¿Cuáles son los puntos cardinales?
   A. Arriba, abajo, derecha e izquierda.
   B. Norte, sur, este y oeste.
   C. Norte, este y sur y suroeste.

smSaviadigital.com REPASA

Una visita al planetario

En los planetarios podemos disfrutar del cielo nocturno incluso de día.

En sus asientos inclinados y mirando hacia el techo podemos contemplar planetas, satélites y estrellas del universo al alcance de nuestros ojos.

Además, los planetarios suelen tener telescopios con los que descubrir cómo son los cuerpos celestes en realidad.

1 ¿Cómo se llaman las personas que estudian el universo desde la Tierra?

a) astronautas   b) astrónomos

2 ¿Qué instrumento utilizan para ver los planetas, satélites y estrellas del cielo?

3 Si Neptuno está más lejos del Sol que la Tierra, ¿cuál de los dos planetas crees que tardará menos tiempo en dar una vuelta alrededor del Sol? ¿Por qué?

Las distintas formas en la Tierra

Observa las imágenes y responde a las preguntas.

1

2

1 ¿Qué ves en cada una de las imágenes? Descríbelas.

2 Relaciona estas fotografías con cada una de las capas de la Tierra.

atmósfera   hidrosfera   geosfera

3 ¿En qué capa de la Tierra se forman las montañas? ¿A qué capa pertenece el fondo marino?

Una granja de cinco estrellas

PROYECTO TRIMESTRAL
Descubrimos la naturaleza

¡Hazte granjero ecológico!

Como ya sabes, el ser humano ha conseguido domesticar a muchos animales. La mayoría de ellos viven en granjas, donde se obtienen muchos de los alimentos que consumimos.

1 **Observa estas imágenes y contesta las preguntas. Compara tus respuestas con las de tus compañeros.**

En muchas granjas los animales viven en espacios muy pequeños. Apenas pueden moverse y se alimentan solo de pienso. Se llaman **granjas industriales.**

Sin embargo, en otras **granjas más ecológicas,** las vacas, las ovejas o las gallinas tienen más espacio para vivir, salen de su establo y su alimentación es más completa.

Granja industrial

Pequeña granja natural

a) ¿En qué granja tienen los animales más espacio para vivir?

b) ¿Qué alimentos puede comer el ganado fuera del establo?

c) ¿En qué caso se obtendrán mejores productos? ¿Por qué?

2 **Algunos granjeros buscan ser más ecológicos e instalan sus granjas en lugares alejados de las ciudades y de las fábricas, cerca de zonas llanas de pasto. Así, sus animales respiran aire limpio, se alimentan de hierba fresca y viven en libertad.**

Si fueses un granjero preocupado por el medioambiente, ¿en cuál de estos tres lugares instalarías tu granja? ¿Por qué?

a

b

c

3 **El trabajo del granjero es importante a lo largo de todo el año.**

a) Lee el siguiente texto.

- Durante los meses de invierno, los animales necesitan un lugar para cobijarse del frío.
- En primavera, nacen las crías, y hay que buscar un lugar para que las madres puedan alimentarlas.
- En verano, los granjeros tienen que asegurarse de que haya suficiente agua fresca en la granja para que los animales beban cuando lo necesiten.

b) ¿En qué estación del año tendrías que realizar cada una de estas tres tareas?

1. Proporcionar agua en abundancia a tus animales.

2. Reservar un espacio para que las madres cuiden de sus crías.

3. Preparar un establo con paja para que los animales se cobijen del frío.

4 **Después de un tiempo trabajando como granjero preocupado por lo ecológico, obtendrías algunos productos.**

a) ¿Qué cinco productos podrías llevar al mercado para vender?

b) Explica cómo convencerías a la gente que va al mercado de que tus productos son mejores que los que vienen de una granja industrial.

3 Los paisajes cambian

¡Cuidado con el paisaje!

¿Cuántas veces has viajado en un coche o en un tren, mirando el paisaje por la ventanilla? Puede que incluso hayas deseado parar para tomar fotografías de los árboles, de un río o de algún animal curioso. ¡Hay paisajes tan bonitos!

Sin embargo, no siempre admiramos y respetamos lo suficiente el paisaje que nos rodea. Sabemos que en las excursiones no hay que arrancar plantas sin permiso, ni dejar basura, y que hay que evitar dañar el entorno. Pero ¿cumplimos siempre las normas?

Los paisajes y los seres vivos que los habitan son más frágiles de lo que pensamos, y debemos cuidarlos y respetarlos siempre. Si no, muchos animales y plantas que conocemos podrían llegar a desaparecer.

¡Para aprender a respetar nuestro entorno, empieza por conocerlo y saber qué puedes hacer!

Hablamos

1. ¿Qué es un paisaje? ¿Cuál es tu paisaje favorito? Descríbelo.
2. Señala los elementos de la naturaleza que ves en la imagen. ¿Hay seres vivos en ella? ¿Cuáles?
3. ¿Cómo puedes ver el agua en un paisaje, si no es en un río?

¡Qué importante es... cuidar la naturaleza!

¿Cómo podríamos sobrevivir sin la naturaleza? ¿Qué pasaría si solo hubiese casas y calles y no quedasen plantas o animales?

Tarea final

Elaborad un anuncio con propuestas para conservar los parques nacionales.

1 ¿Qué son los paisajes?

Un **paisaje** es una zona o terreno que observamos desde un determinado lugar. Todos los paisajes están formados por elementos del relieve como las montañas o los valles, por el agua de los ríos y mares, por las construcciones de las personas y por la fauna y la flora que los habitan.

¿Qué elementos forman los paisajes de estas dos fotografías? ¿Reconoces cuáles son naturales?

Este paisaje natural se puede observar durante un paseo por la naturaleza.

La carretera es un elemento artificial que puede llevarnos por zonas naturales de gran belleza.

Observa las fotografías

1. Haz una lista con los elementos naturales que ves en cada una de estas dos fotografías y compáralas.

¿Qué elementos forman los paisajes?

Los paisajes se forman por los elementos naturales del lugar en el que se encuentran y las aportaciones humanas:

- Los **paisajes naturales** son aquellos que nunca han sido modificados por las personas. Estos paisajes están formados solo por **elementos naturales**, como, por ejemplo, la vegetación, la fauna, las montañas o los ríos.
- Los **paisajes humanizados** son aquellos que han sido modificados por las personas. Están formados por **elementos artificiales**, como campos de cultivo, embalses, carreteras o casas. Los paisajes humanizados son de dos tipos:

  – **Rurales**, si predominan los **elementos naturales**, como en un pueblo de montaña.

  – **Urbanos**, si abundan los elementos artificiales, como en una ciudad.

Observa y comprende La transformación del paisaje natural

1. Las montañas, el río, los árboles... son **elementos naturales** de este paisaje.

2. El camino y los campos de cultivo son **modificaciones** del paisaje introducidas por las personas.

3. Con el tiempo, los elementos artificiales construidos por las personas dan lugar a un **paisaje humanizado**.

- Un **paisaje** es toda la extensión del terreno que podemos observar a nuestro alrededor.
- Los paisajes pueden ser **naturales** o **humanizados**.
- Los paisajes **humanizados** pueden ser **rurales** o **urbanos**.

Actividades

2. Explica qué es un paisaje natural.
3. Busca fotografías de paisajes humanizados y pégalas en tu cuaderno. Rodea los elementos artificiales que distingues en ellas.
4. Asómate a la ventana y describe el paisaje. ¿Es natural o artificial?
5. sm**Savia**digital.com JUEGA Y APRENDE Juega y descubre los **tipos de paisaje**.

2 ¿Cómo es el relieve en los distintos paisajes?

Piensa en un lugar natural cercano a ti y recuerda si tiene montañas, valles, playas... Estos elementos son algunas de las formas de la corteza terrestre que componen el **relieve**.

El relieve en los paisajes de la costa

España está rodeada de **mares** salvo por una parte. Por eso en nuestro país hay muchos paisajes de costa. En ellos se pueden observar los siguientes **elementos de relieve**:

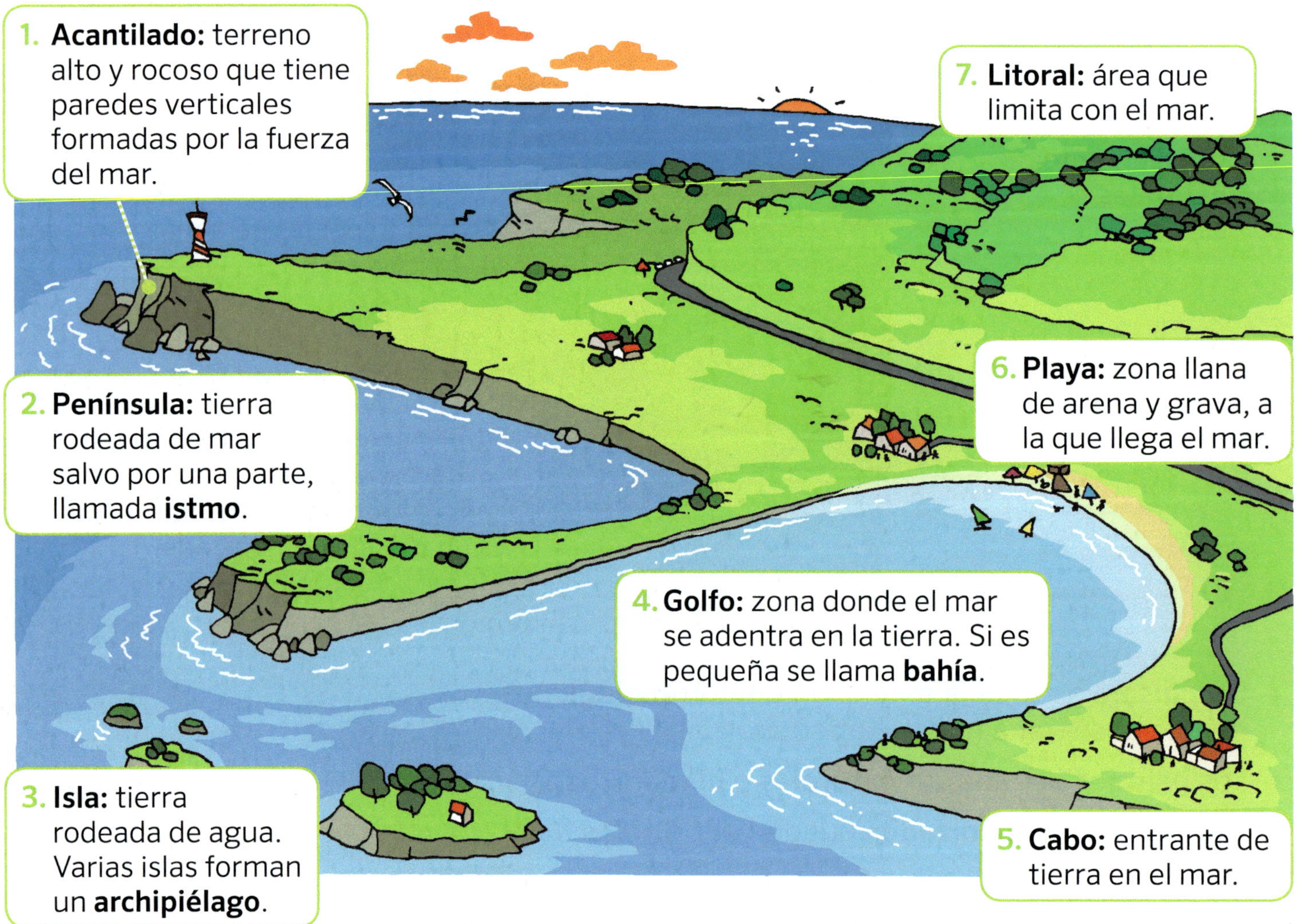

¿Sabías que...?

El fondo del mar también tiene relieve: zonas llanas, elevaciones como montañas... ¡Incluso se han encontrado volcanes!

- ¿Qué ocurre en la orilla de la playa según te vas adentrando hacia el mar?

El relieve en los paisajes de interior

Las **zonas de interior** son las que están alejadas de la costa. Los paisajes del interior están formados por dos tipos de **elementos del relieve**:

- **Relieves montañosos**: formados por las montañas, sierras y cordilleras.
- **Relieves de llanura**: formados por las superficies planas, más bajas.

En ambos tipos pueden aparecer **valles fluviales**.

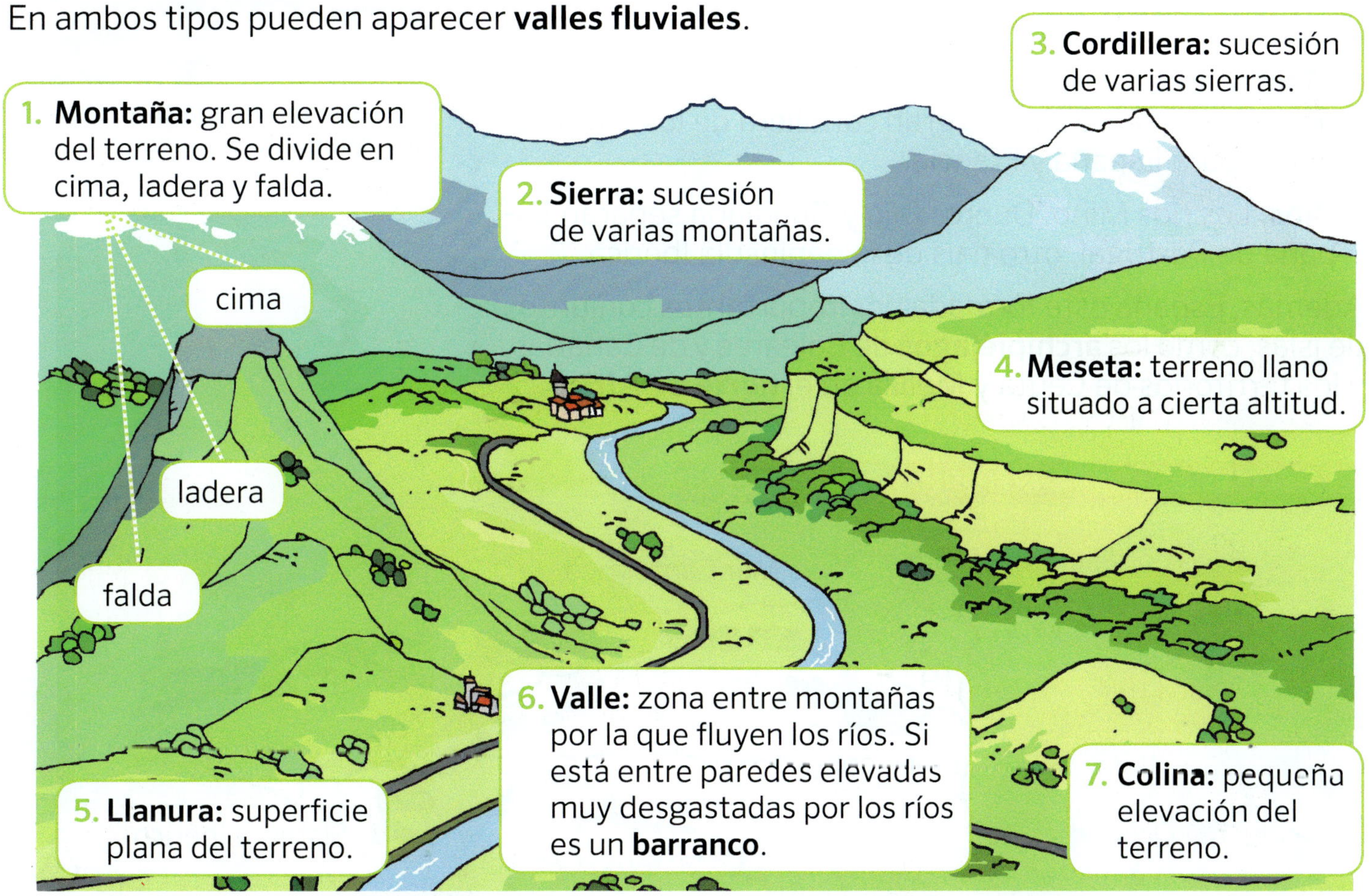

- El **relieve** en los paisajes de **costa** está formado por **playas**, **acantilados**, **cabos**, **golfos**, **islas**, etc.
- El **relieve** en los paisajes de **interior** está formado por **montañas**, **llanuras**, **valles**, **mesetas**, etc.

Actividades

6. ¿En qué se parecen y en qué se diferencian un golfo y una bahía?

7. Explica qué son la cima, la ladera y la falda de una montaña.

8. smSaviadigital.com
JUEGA Y APRENDE Juega a reconocer **elementos del relieve**.

3 ¿Cómo es el relieve español?

Ya sabes qué es una península. Pero ¿sabes que gran parte de España se encuentra sobre una?

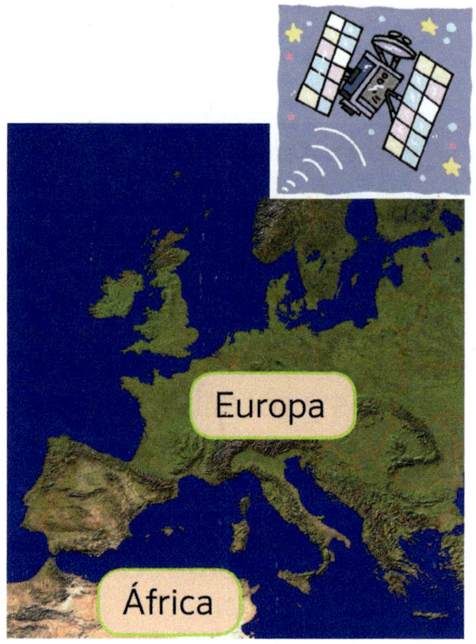

España está situada al suroeste del continente europeo.

Una península, islas y territorios en África

La mayor parte del territorio de España está en la **península Ibérica**. Parte de ese territorio está separado de otros por **barreras naturales**. Estas son las más destacadas:

- **Mares y océanos.** La península Ibérica está rodeada por los mares Cantábrico y Mediterráneo, y por el océano Atlántico.
- **Montañas.** La península Ibérica está unida a Europa por un istmo. En él se sitúa la gran cordillera de los Pirineos, que separa España y Francia.
- **Ríos.** Los ríos Miño, Duero, Tajo y Guadiana separan España de Portugal, otro país de la península Ibérica.

Además, España está formada por importantes conjuntos de islas, como los **archipiélagos** de Baleares y de Canarias, y los territorios de Ceuta y Melilla en el **norte de África**.

EL RELIEVE DE LOS TERRITORIOS ESPAÑOLES

Taller de Geografía

¿Cómo se ve el relieve en un mapa?

Observa este mapa de España. La mayor parte está cubierta por colores marrones, amarillos y verdes.

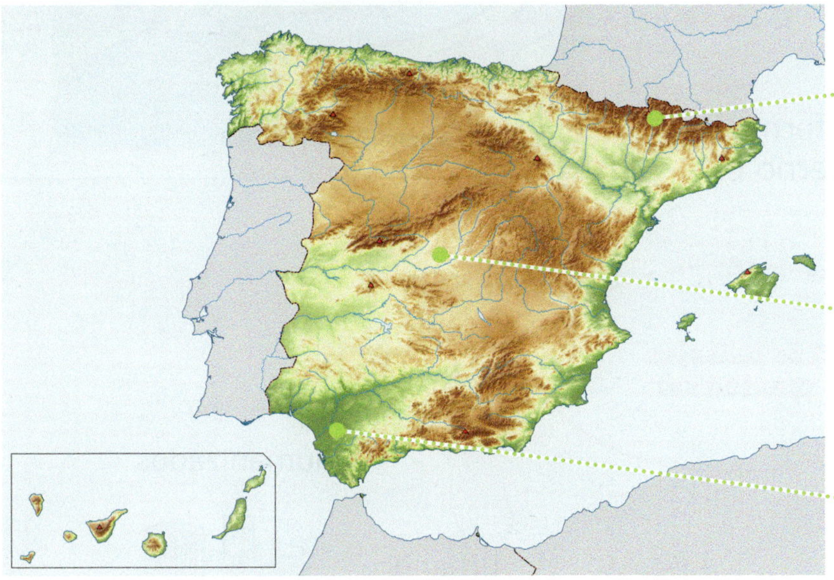

Los **colores marrones** indican las zonas más elevadas. Son más oscuros en las montañas más altas.

Los **colores amarillos** señalan las zonas de llanura no demasiado elevadas.

Los **colores verdes** muestran las zonas costeras y los valles de los ríos.

9 ¿Qué color se ve más en este mapa de España? Busca a qué corresponde ese color y anota qué elementos del relieve predominan en España. ¿Y en tu comunidad?

- El **territorio de España** se encuentra en la **península Ibérica**, Baleares, Canarias, Ceuta y Melilla.
- El mar, las montañas o los ríos forman algunas **barreras naturales** que delimitan el territorio español.

Actividades

10 ¿Cuáles de estas barreras naturales delimitan el territorio español?

Pirineos | océano Atlántico | islas Canarias | río Guadiana

11 ¿En qué océanos o mares se encuentran los archipiélagos españoles?

12 ¿Cuáles son las principales sierras y cordilleras del territorio español?

13 ¿Qué cordilleras, ríos o barreras naturales están más cerca de tu localidad? ¿Las has visitado? Explícalo.

14 smSaviadigital.com COMPRENDE Aprende más sobre el **relieve de España**.

Párate a pensar

Has aprendido mucho sobre el relieve y los paisajes: naturales, humanizados, de costa, de interior…

Comprueba lo que sabes y demuestra que puedes proteger los paisajes que te rodean.

15 Observa el diagrama y usa la información para completar en tu cuaderno el esquema que aparece debajo.

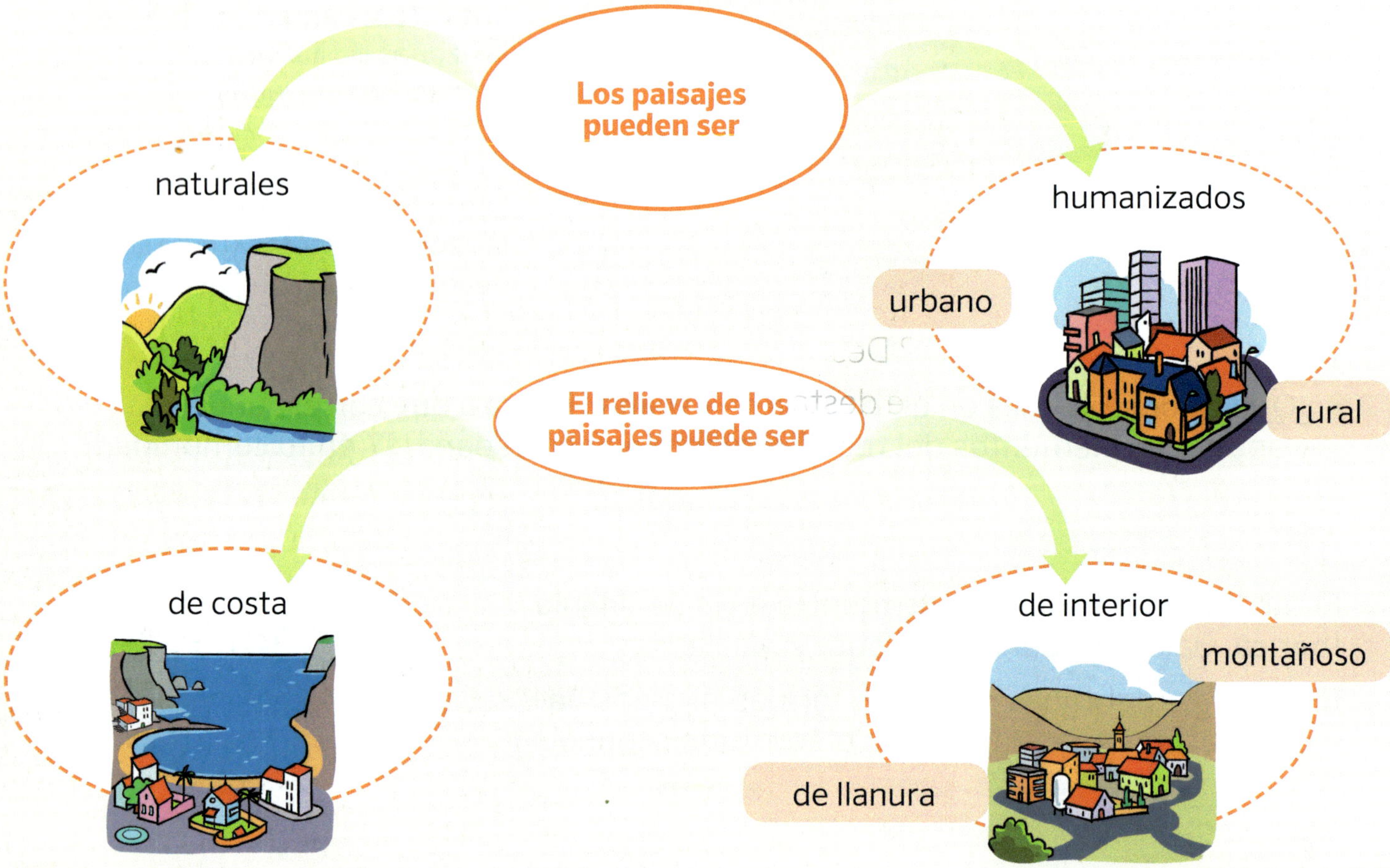

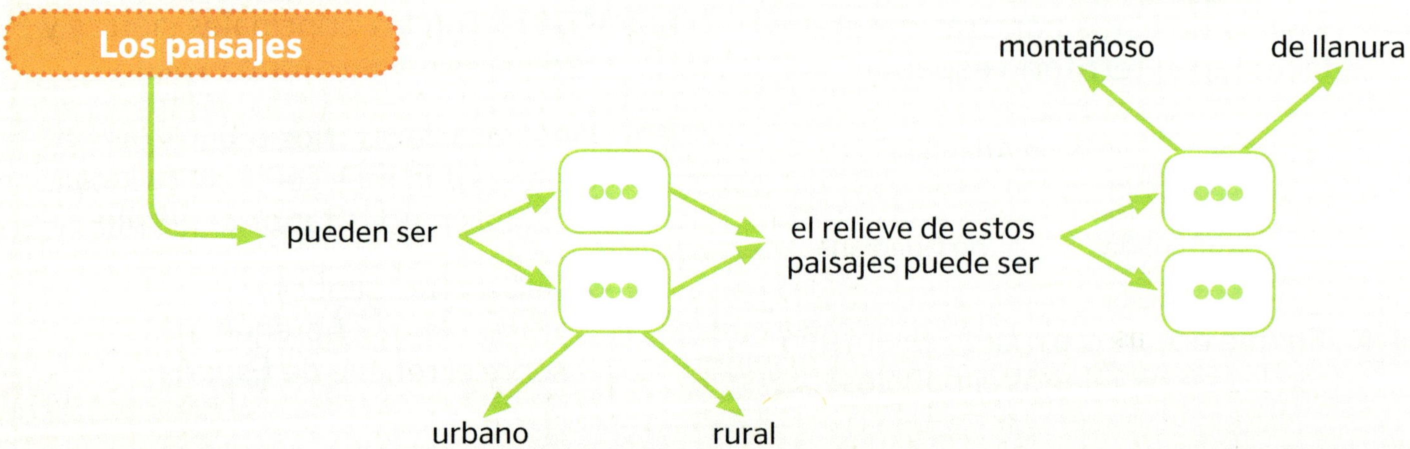

16 Observa estos paisajes y responde a las cuestiones en tu cuaderno.

a) ¿Qué tipo de paisajes son? Describe qué elementos naturales y artificiales ves.
b) ¿Qué elementos del relieve destacan en cada uno?
c) ¿Qué paisaje se asemeja al del lugar en el que vives? ¿Qué elementos no se parecen?

¡Un país por descubrir!

17 Un amigo de tus padres ha recorrido los paisajes de España.

A la vuelta, os ha mostrado un DVD con las fotografías más espectaculares de su viaje.

a) Busca estos elementos en los paisajes de las fotografías.

montañas | vegetación | río

b) ¿Qué tienen en común las fotografías? ¡Fíjate en los elementos del relieve antes de responder!

4 ¿Por qué cambia el paisaje?

¿Tienes un paisaje natural favorito? Piensa en cómo sería si se llenase de casas y carreteras, o si una gran tormenta lo destrozase. ¡Es lo que pasa con muchos de los paisajes que nos rodean!

¿Por qué cambia un paisaje?

Con el tiempo, los paisajes pueden sufrir **cambios**, que pueden ser de **dos tipos**:

- Causados **por la naturaleza**, como las nevadas en invierno, las sequías en verano o las grandes tormentas. Estos cambios son repentinos y bruscos, y es difícil impedirlos o controlarlos.
- Causados **por las personas**, como los cultivos, las carreteras o la edificación de viviendas. Estos cambios se deben hacer solo en los casos en que sea necesario.

¿Qué daña el medio natural?

La contaminación del **aire** con el humo de los coches y las fábricas, el vertido de basura al **agua** de los ríos o del mar, y el exceso de construcciones y cultivos en el **suelo deterioran** los paisajes y el medioambiente.

Para **evitarlo**, las actividades humanas deben seguir **normas** para cuidar el entorno. ¡Y también nosotros!

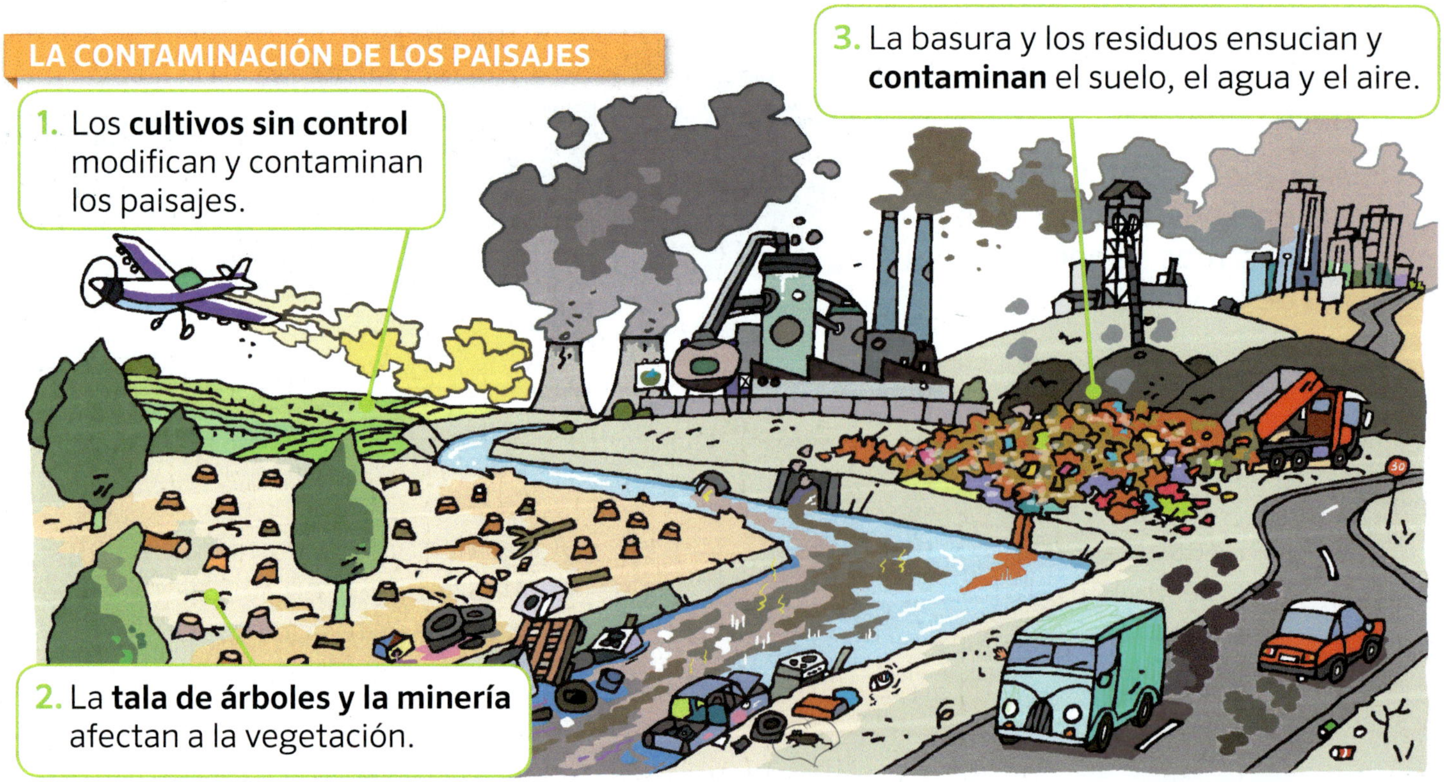

Taller de Geografía

¡Construimos un paisaje!

Las maquetas representan elementos que podemos ver y tocar. En grupos, elaborad una maqueta de un paisaje de costa. Añadid elementos naturales y artificiales.

Materiales
- Cartón
- Plastilina
- Tijeras
- Pegamento

Paso 1
Construid con plastilina un paisaje de costa.

Paso 2
Incluid elementos del relieve de interior en la zona más alejada del mar.

Paso 3
Añadid elementos construidos por el hombre que permitan vivir en ese paisaje.

18 ¿Qué cambios causados por la naturaleza puede sufrir este paisaje? Enumerad varios ejemplos.

19 ¿Qué transformaciones causadas por el hombre ha sufrido el paisaje? ¿Cuáles pueden dañarlo?

- Los **cambios** en los paisajes pueden estar causados por la **naturaleza** o por las **personas**.
- Las **personas** debemos **evitar dañar el paisaje**.

Actividades

20 Explica estas afirmaciones en tu cuaderno.
- Las personas solo deben hacer cambios necesarios en los paisajes.
- El mal uso del aire, el agua y el suelo deteriora los paisajes.

21 Con ayuda del dibujo sobre la contaminación, escribe una redacción sobre los daños al paisaje que puedes evitar.

22 sm**Savia**digital.com
JUEGA Y APRENDE ¿Qué causa los **cambios en los paisajes**?

5 ¡Parques para proteger!

A nuestro alrededor encontramos paisajes muy diferentes entre sí: grandes montañas, valles y ríos, playas...

¡Es responsabilidad de todos cuidar de ellos para que podamos seguir disfrutándolos!

¿Qué es un parque nacional?

Para cuidar los paisajes españoles de mayor valor, y a los animales y vegetales que viven en ellos, se han creado **zonas naturales protegidas**. Son los **parques nacionales**.

Los parques nacionales en España

En España hay distintos tipos de parques nacionales protegidos:

- **Parques de paisaje de montaña.** Se encuentran en zonas muy elevadas. En ellos viven aves rapaces, ciervos y osos, entre otros muchos animales.
- **Parques de paisaje mediterráneo.** Están en zonas de monte como las **dehesas**, que son bosques con encinas y alcornoques. En ellos suele haber ganado.
- **Parques de paisaje de humedal.** Se encuentran en zonas de llanura con lagunas. En ellas anidan las aves que viajan entre África y Europa.
- **Parques de paisaje canario.** Los paisajes y las especies animales y vegetales de estos parques son únicos y muy diferentes a los de la península Ibérica.
- **Parques marinos**. En ellos se protege la fauna y la vegetación submarina. Por eso se encuentran en nuestros archipiélagos.

> ▸ Los **parques nacionales** son **espacios** naturales **protegidos**.
>
> ▸ En **España** hay parques nacionales de **montaña**, **mediterráneos**, de **humedal**, **marinos** y **canarios**.

LOS PARQUES NACIONALES EN ESPAÑA

Actividades

23 ¿Hay algún parque nacional en tu comunidad? ¿De qué tipo es?

24 Mira el mapa. ¿Qué tipo de parque nacional son estos ejemplos?

Picos de Europa · Doñana · Islas Atlánticas de Galicia

25 sm**Savia**digital.com
COMPRENDE Conoce otros **espacios protegidos** de España.

Organiza tus ideas

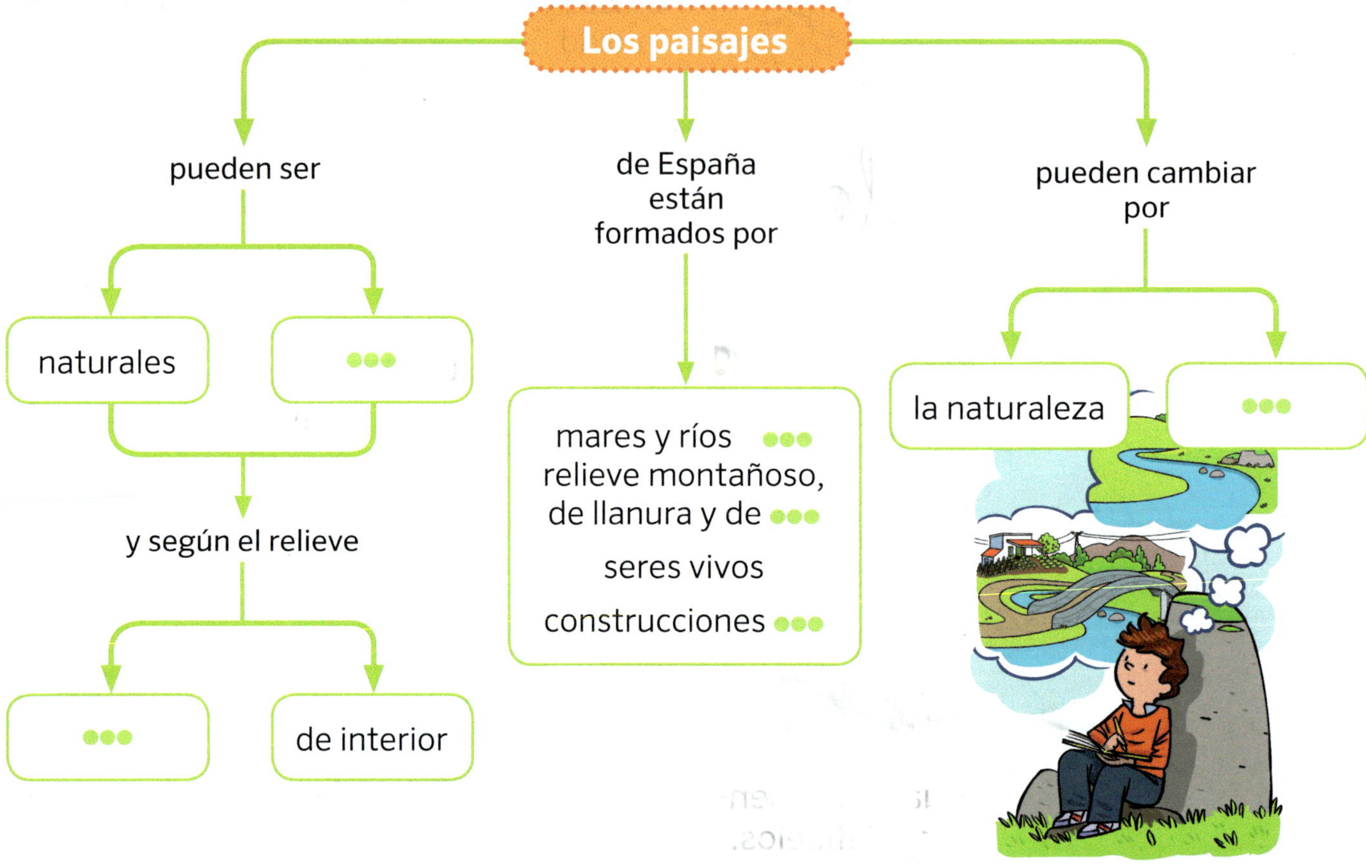

Trabaja con el esquema

26 Copia y completa el esquema.

27 Copia la tabla en tu cuaderno y anota los elementos del relieve propios de cada paisaje.

Paisaje de costa	Paisaje de interior
●●●	●●●

28 ¿En qué parte del esquema situarías estas imágenes?

29 Indica si estos cambios en un paisaje son de origen natural o artificial.

a) La construcción de una carretera.

b) Llega el otoño y los árboles pierden sus hojas.

c) Llueve mucho y se desborda el agua de un río.

d) La siembra de los campos de cultivo.

30 ¿Cuál de estas informaciones no aparece en el esquema? Explícala en tu cuaderno.

Tipos de paisaje según el relieve

Elementos del relieve en España

Espacios naturales protegidos

Repasa la unidad

31 Explica las diferencias entre estos dos paisajes en tu cuaderno.

32 Encuentra en las cajas cuatro elementos del relieve de interior y defínelos.

isla	valle	montaña	río
playa	llanura	meseta	golfo

33 Nombra en tu cuaderno los elementos del relieve de costa señalados en la ilustración.

34 ¿Qué mares y océanos son barreras naturales del territorio español?

Por el norte, el mar •••

Por el oeste, el océano •••

Por el este, el mar •••

35 Copia un mapa físico de España y señala en él los siguientes elementos:

Pirineos - Sistema Ibérico - Islas Baleares - Sistema Central - Cordillera Cantábrica - Sierra Morena - Sistemas Béticos - Ceuta - Islas Canarias - Melilla

36 ¿Qué puede contaminar el paisaje de tu localidad? Enumera tres ejemplos.

37 Dibuja tu espacio natural favorito. ¿Por qué lo protegerías?

smSaviadigital.com

VALORA LO APRENDIDO Comprueba lo que sabes en la **autoevaluación**.

Ponte a prueba

La importancia de los paisajes

A los pintores les atrae la belleza de la naturaleza y los cambios que ven en ella. Por eso, los museos están llenos de cuadros de paisajes.

Los pintores impresionistas, por ejemplo, pintaban al aire libre y se fijaban en los cambios de la luz a lo largo del día. ¡Podían pintar un mismo paisaje decenas de veces!

Claude Monet: *Amapolas*, 1873.

1. ¿Dónde pintaban los impresionistas? ¿Qué objetos necesitan para pintar al aire libre?
2. Este cuadro se llama *Amapolas*. ¿Qué elementos del paisaje puedes identificar en él?
3. ¿Es un paisaje natural o urbanizado? ¿Por qué?

Tarea final **Elaboramos un anuncio**

En grupos, vamos a preparar un anuncio para promover el cuidado y protección de los parques nacionales. Trabajad en grupos.

PASO 1 Busca esta información sobre un parque nacional.

a) ¿Qué paisaje predomina?

b) ¿Cómo hay que conservarlo?

c) ¿Qué actividades se pueden hacer en él sin dañarlo?

PASO 2 Forma un equipo con los compañeros que hayan investigado sobre el mismo parque.

Juntos, elaborad un mural con la información que habéis encontrado.

PASO 3 Decorad vuestro cartel con frases, fotografías o dibujos.

smSaviadigital.com

VALORA LO APRENDIDO ¿Cómo has trabajado en esta **tarea**?

¡El volcán más alto!

El pico más alto de España es el Teide. Pero no es una montaña cualquiera:

- Está en una isla, en Tenerife, Canarias.
- No solo es una montaña, ¡sino también un volcán!
- Sobresale más de 3.700 metros sobre el mar, por lo que hay nieve en su cumbre.
- Mide el doble de lo que vemos, porque la mitad del volcán está bajo el océano.
- Está en un gran parque nacional.

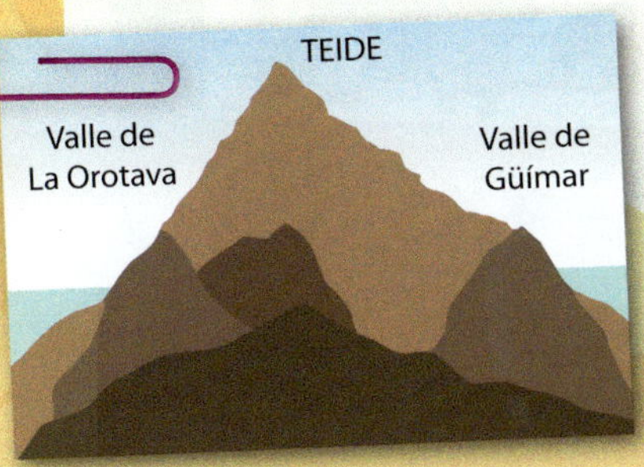

¿Qué es una isla? ¿Qué es un océano? ¿Qué es un parque nacional?

¿Un pez marino en las montañas?

Hace millones de años algunas montañas que conocemos estaban bajo el mar o no existían. ¡Fueron los terremotos y los volcanes los que las levantaron!

Esto ha permitido hacer descubrimientos increíbles. Un ejemplo sorprendente: se han hallado restos de peces marinos en las montañas más altas del mundo.

¿Cómo se llama una agrupación de montañas?

¡Carreteras imposibles!

En el mundo hay paisajes tan peligrosos que las personas no pueden ni construir carreteras.

En los grandes desiertos de África, por ejemplo, el viento es tan fuerte que enterraría las carreteras cada día.

En las cordilleras más altas del mundo hay demasiada pendiente, nieve y hielo. ¡Sería demasiado peligroso conducir por ellas!

¿Crees que se puede vivir en un lugar sin carreteras? ¿Por qué? ¿Conoces alguno?

Up

Un joven y un abuelo realizan un fantástico viaje de aventuras a un mundo completamente natural.

¿Sobre qué tipo de paisaje vuela la casa de los protagonistas de la película?

4 Juntos vivimos mejor

Una carta hasta la India

Querida Kalinda:

Soy tu amiga Amal, ¡espero que no me hayas olvidado!

Ya llevo un año aquí, en España, y he aprendido muchas cosas desde que llegué. Todo es muy diferente: la ropa, la comida, los pueblos y las ciudades. Hay costumbres muy distintas.

Me sorprende lo serias que van algunas personas por la calle. ¡Echo de menos las sonrisas de nuestra aldea en la India! También son diferentes las cosas en el colegio y en el barrio. ¡Hay normas hasta para montar en bicicleta!

Sin embargo, no me cuesta mucho adaptarme, porque aprendo de mis compañeros de clase y de mis primos, tíos y abuelos, que ya llevan en España muchos años. ¡Cuando vuelva a la India, te lo contaré todo!

Por cierto, a mis compañeros les encanta mi nombre y lo que significa en hindi: Esperanza.

Hablamos

1. ¿De qué país son Amal y Kalinda? ¿Qué diferencias encuentra Amal entre España y su país de origen?
2. ¿Qué forma de representación de la Tierra puedes ver en esta clase?
3. ¿Qué normas debes respetar para montar en bicicleta?

¡Qué importante es... ser buenos ciudadanos!

Las personas vivimos en comunidad. ¿Por qué debemos respetarnos los unos a los otros? ¿Para qué necesitamos las normas?

Tarea final

Debemos cuidar las cosas que son de todos para disfrutarlas. ¡Votad cuál será vuestra norma estrella!

1 Mi familia y mi colegio

Las personas no vivimos solas, sino que pasamos el día con la familia, los compañeros, los profesores y los vecinos. Es divertido, pero... ¡hay tantas normas que cumplir! ¿Cuáles estás cumpliendo en este momento?

¿Qué son las normas de convivencia?

Todos queremos vivir con tranquilidad junto a los demás. Para lograrlo, debemos conocer y cumplir las **normas de convivencia**:

- Las normas de convivencia obligan a respetar los **derechos** de los demás y a que se respeten los nuestros.
- Las normas nos exigen cumplir nuestras **obligaciones** hacia los demás, y exigen a los demás cumplir las suyas.

¿Quién nos enseña a convivir?

Todos los niños tienen **derecho** a un hogar en el que reciban cariño y comprensión. Las madres, los padres, los hermanos, los abuelos y todos aquellos que viven con nosotros y nos quieren forman parte de nuestra **familia**.

La familia nos enseña las **primeras normas** para convivir. En ella aprendemos a distinguir lo que está **bien** de lo que está **mal** y a cumplir nuestras **obligaciones**, como ayudar en las tareas, hacer los deberes o respetar a los demás.

Observa la fotografía

1. Escribe las tareas que puedes hacer tú para colaborar en casa con tu familia.

¿Hay normas de convivencia en el colegio?

Todos los niños tienen **derecho** a recibir una **educación** y a ir al **colegio**. Allí se juntan alumnos de muchas familias y aprenden juntos a convivir.

A cambio de recibir la educación y los cuidados del colegio, los alumnos deben **respetar** a los profesores, compañeros y trabajadores, **cuidar** el material, compartir y **esforzarse** en clase. Esas son nuestras **obligaciones**.

Para hablar en clase hay que pedir el turno de palabra.

Observa y comprende — Así se convive en el colegio

1. Las **madres** y los **padres** ayudan con los deberes, asisten a tutorías y participan en actividades de la escuela.
2. Los **profesores** nos enseñan, y el **personal** del colegio vigila, limpia, organiza el centro... Su trabajo es muy necesario.
3. Los **alumnos** deben trabajar, ser puntuales, escuchar al profesor y pedir permiso. También deben respetar a sus compañeros y al personal, y cuidar las instalaciones.

- Las **normas** son reglas para poder convivir.
- Todos tenemos **derechos**, pero también **obligaciones**.
- Los primeros lugares donde aprendemos normas de convivencia son nuestra **casa** y el **colegio**.

Actividades

2 Pide a tus familiares que respondan a estas cuestiones sobre ti. Anota sus opiniones. ¿Cómo te ven?

	Mucho	Algo	Poco
¿Soy amable con ellos?	●●●	●●●	●●●
¿Me preocupo por ellos?	●●●	●●●	●●●
¿Escucho los consejos?	●●●	●●●	●●●
¿Ayudo en las tareas?	●●●	●●●	●●●

3 Completa la siguiente frase:

Las normas sirven para que se respeten nuestros ●●● y cumplamos nuestras ●●●.

4 smSaviadigital.com

COMPRENDE ¡Descubre cómo son otros **colegios del mundo**!

2 Mi localidad

Tu **localidad** es el lugar donde está tu casa y la de tus vecinos. Seguro que sabes si tu casa está en un **pueblo** o en una **ciudad**. Pero ¿sabes en qué se diferencian?

La población rural vive en los pueblos

- Menos de 10.000 habitantes
- Casas bajas y distancias cortas
- Pocos coches
- Pequeños comercios e industrias
- Pocos cines, hospitales y museos

La población urbana vive en las ciudades

- Miles o millones de habitantes
- Edificios altos y avenidas anchas
- Largas distancias, mucho tráfico y medios de transporte
- Museos, oficinas, aeropuertos...

¿Soy un buen ciudadano?

La población debe conocer y respetar las normas de convivencia.

En primer lugar, se deben respetar las normas de **seguridad vial**, como las señales de tráfico.

Además, hay que **cuidar los espacios públicos**, como las calles, edificios y jardines, y **respetar** a los vecinos y peatones.

Las personas que cumplen las normas de convivencia en su casa, el trabajo, el colegio y la calle son consideradas **buenos ciudadanos**.

Trabaja con la ilustración

5. ¿Esta ilustración representa un pueblo o una ciudad? ¿Se parece a tu población? ¿Por qué?

Taller de Geografía

¡Atención a las calles!

Cuando circulas con la bicicleta, con los patines o andando, ¿sabes qué normas debes cumplir? ¡Apréndelas y crea en grupo un código de circulación!

Materiales

- Una cartulina
- Lapicero y goma
- Rotuladores de colores
- Regla

Paso 1

Uno de vosotros dibuja y explica algunas señales de tráfico. Pueden ser de obligación, peligro, prohibición e indicación.

Paso 2

El segundo miembro del equipo hará el código de normas para peatones. Puedes usar el modelo y completarlo.

Paso 3

El tercer miembro del equipo hará las normas para ciclistas.

6 Examina a los miembros de tu equipo sobre tu parte del código de circulación. Si los tres aprobáis, podréis crear un diploma de buenos ciudadanos.

- La **localidad** es el entorno de nuestro hogar. En ella viven nuestros **vecinos**.
- La localidad puede ser un **pueblo** o una **ciudad**.
- En nuestra localidad hay normas de **convivencia**.

Actividades

7 Evalúa con esta tabla si eres un buen ciudadano.

¿Podemos viajar en coche sin cinturón de seguridad?	NO
¿Se debe cruzar por los semáforos o pasos de peatones?	●●●
¿Debemos llevar casco cuando vamos en bicicleta?	●●●
¿Ayudo en las tareas de casa?	●●●

8 smSaviadigital.com JUEGA Y APRENDE ¡Conoce la importancia de la **seguridad vial**!

3 Mi barrio y mi ayuntamiento

Los grupos de casas de una localidad se organizan en **barrios**. ¿En qué tipo de barrio vives?

¿Vivo en el centro?

En el centro hay dos tipos de barrios:

- El **casco antiguo** lo forman las casas más antiguas de la ciudad, y sus calles son estrechas. Allí suele estar el **ayuntamiento** que gobierna la localidad.
- Los **barrios céntricos** se construyeron alrededor del barrio antiguo. Las casas tienen varios pisos, y las calles son anchas y ordenadas. Hay tiendas y medios de transporte como el autobús o el metro.

¿Vivo en las afueras?

Son barrios **alejados del centro** pero unidos a él con carreteras, autobuses o trenes.

- Son **residenciales** si tienen casas de pisos, adosadas o individuales. Sus habitantes suelen trabajar en otros barrios.
- Son **industriales** si tienen grandes fábricas e incluso un puerto o un aeropuerto.
- Son **rurales** cuando se sitúan en zonas con cultivos y ganado.

¿Cómo funciona mi barrio?

Los vecinos de varios barrios y los territorios en los que viven forman un **municipio**.

En cada municipio, el **ayuntamiento** organiza los **servicios** que facilitan la vida de sus vecinos, como son los colegios, los centros de salud, los polideportivos, la policía, la limpieza y los transportes.

Además, el ayuntamiento **vigila** para que se cumplan las normas de convivencia.

La persona que dirige el ayuntamiento es el **alcalde** o la **alcaldesa**, ayudado por los **concejales**.

Observa y comprende Los barrios

1. Parte vieja o casco antiguo
2. Ayuntamiento
3. Barrios céntricos y ensanches
4. Medios de transporte
5. Zona residencial
6. Zona industrial
7. Zona rural

¿Sabías que...?

Los servicios municipales se pagan con el dinero de los ciudadanos, a través de aportaciones económicas llamadas **impuestos**.

¿Qué cosas no se podrían hacer sin ese dinero?

y los servicios de una localidad

- Las localidades se dividen en **barrios** céntricos y barrios de las **afueras**.
- Varios barrios pueden formar un **municipio**.
- El **ayuntamiento** gobierna el municipio y organiza los **servicios públicos**.

Actividades

9. Completa el cuadro en tu cuaderno.

   vecinos + territorio = ______

10. ¿De qué se encarga el ayuntamiento de un municipio?

11. Haz una lista con los servicios públicos que utilizas en tu localidad.

12. smSaviadigital.com
    PRACTICA Aprende más sobre los **servicios municipales**.

Párate a pensar

Has visto qué son las normas, dónde las aprendes y para qué sirven. Comprueba lo que has aprendido con estas actividades.

13 Fíjate en la imagen y anota en tu cuaderno las tareas que ves. Rodea en tu lista las que podrías hacer tú.

14 Anota en tu cuaderno las acciones de la ilustración que no nos ayudan a convivir.

15 Ahora tú. Evalúa cómo convives en casa y en el colegio.

Tres tareas que hago en casa	Tres tareas que no hago en casa y podría hacer	Tres cosas que hago bien en el colegio	Tres cosas que puedo mejorar en el colegio
●●●	●●●	●●●	●●●
●●●	●●●	●●●	●●●
●●●	●●●	●●●	●●●

16 **Cuando pagas un paquete de cromos una parte de tu dinero es para el vendedor y otra es para pagar un impuesto llamado IVA. En cualquier tique de compra leerás el nombre de ese impuesto. Analiza el gráfico que expresa ese reparto.**

a) Copia el gráfico y explica lo que representa. ¿Qué parte es mayor, el impuesto o el dinero para la tienda?

b) ¿Para qué sirven los impuestos?

17 **En tu cuaderno, nombra los servicios públicos municipales que más usáis en tu familia. Después, completa la tabla.**

¿Por qué son importantes para los adultos?	●●●
¿Por qué son importantes para los niños?	●●●
¿Están bien conservadas las instalaciones?	●●●
¿Qué servicios echáis de menos?	●●●

Unas elecciones

El alcalde y los concejales de un ayuntamiento se eligen por votación. En las elecciones municipales, los adultos eligen a los candidatos cuyas propuestas les gustan más.

18 **Organizad unas elecciones a delegado en vuestra clase. Trabajad en equipos.**

PASO 1 **Cada equipo presenta un programa electoral en una cartulina. No olvidéis poner:**

- El nombre de vuestro partido.
- El nombre de los integrantes del equipo.
- Cuatro servicios que ofreceríais para mejorar el colegio.
- Dos normas para mejorar la convivencia en clase.

PASO 2 **Cada equipo explica a la clase por qué sus propuestas son importantes.**

PASO 3 **Cada alumno escribe en un papel el nombre del partido cuyo programa le ha gustado más y lo entrega al profesor. ¡Tras contar todos los votos sabréis quién ha ganado las elecciones!**

4 El trabajo de mis vecinos

En las tiendas se venden productos naturales, como la fruta, y productos elaborados por las personas, como las bicicletas. Pero ¿cómo llegan esos productos a la tienda? ¿Quién los fabrica? ¡Conoce mejor el trabajo de tus vecinos!

¿Quién trabaja en la naturaleza?

Las **materias primas** son los **productos naturales** que obtenemos directamente de la naturaleza y que podemos utilizar sin necesidad de transformarlos.

Las personas que obtienen las materias primas de la naturaleza trabajan en el **sector primario**:

- En el campo, los **agricultores** obtienen los cereales, la fruta y la verdura de las plantas. Los **ganaderos** cuidan el ganado y obtienen productos de los animales, como la leche o la carne.
- Los **pescadores** capturan en los ríos y mares el pescado que comemos.
- Los **mineros** extraen de las minas minerales como los diamantes, el hierro o el petróleo que mueve los coches. Su tarea es la minería.

smSaviadigital.com
PRACTICA ¡Aprende más sobre el **sector primario**!

EL SECTOR PRIMARIO

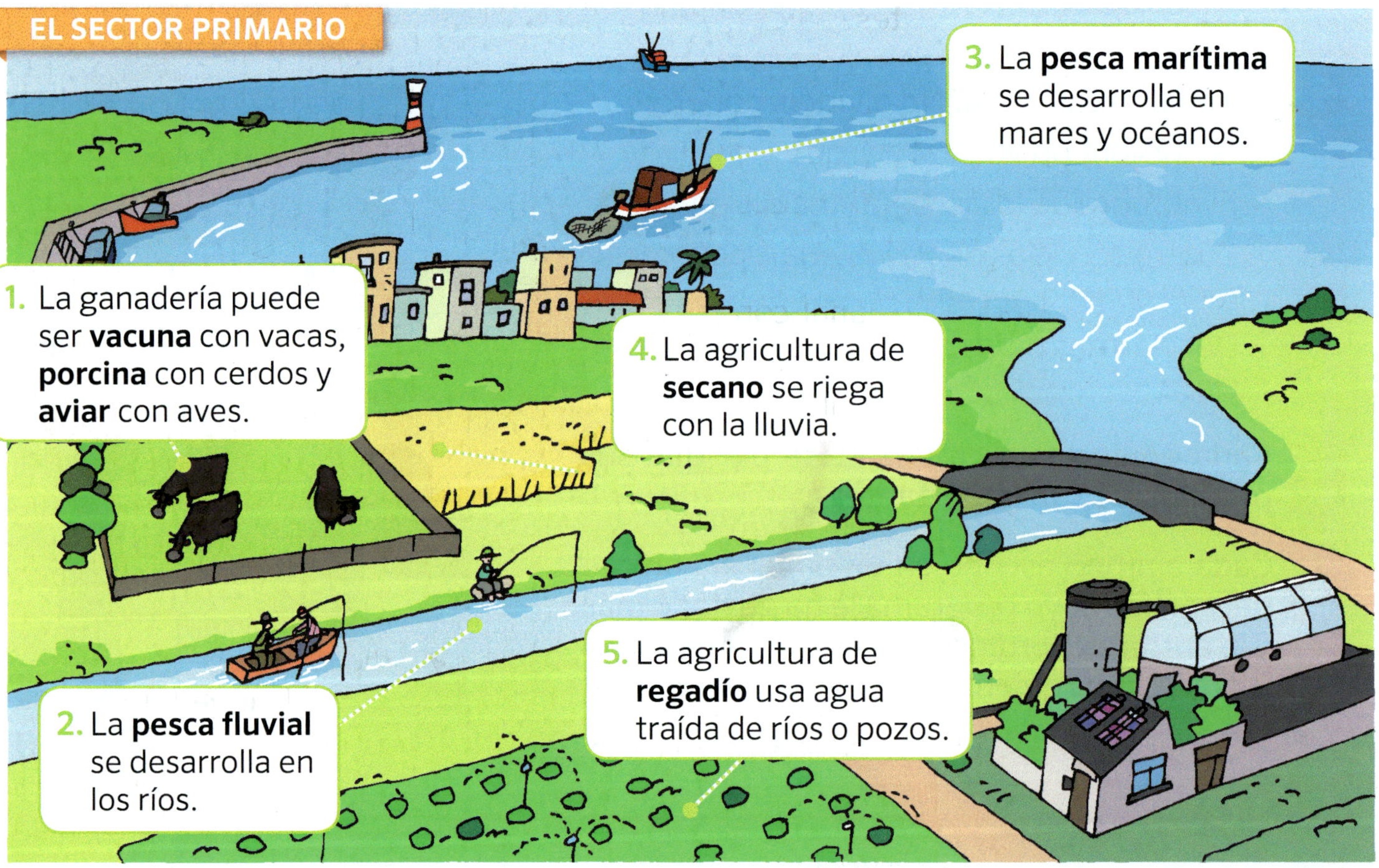

¿Quién trabaja en el taller y en la fábrica?

Las **materias primas**, como el hierro, pueden transformarse en **productos elaborados**, como una bicicleta. Este proceso se realiza en un **taller** o en una **fábrica**.

Las personas que fabrican productos elaborados a partir de las materias primas trabajan en el **sector secundario**.

- En los **talleres**, los **artesanos** elaboran los productos con sus manos o con máquinas sencillas. En un taller se elaboran pocos productos al día.

- En las **fábricas** o industrias, los **obreros** usan grandes máquinas en el proceso de fabricación y elaboran muchos productos en poco tiempo.

- En el **sector primario** se obtienen **materias primas**.
- En el **sector secundario** se fabrican **productos elaborados** que pueden ser **artesanales** o **industriales**.

Actividades

19 Escribe cuatro oficios relacionados con la naturaleza.

20 Relaciona cada oficio artesanal con una ilustración:

a) alfarero b) cestero c) carpintero

21 Aquí puedes ver parte del proceso de elaboración de una puerta. Explica en tu cuaderno el proceso completo.

22 smSaviadigital.com COMPRENDE ¡Observa cómo funciona una **fábrica**!

5 Las personas que prestan servicios

Muchos de tus vecinos no obtienen productos de la naturaleza ni fabrican otros nuevos. ¿Qué hace exactamente un bombero? ¿Y un presentador de la tele?

¿Qué es el sector servicios?

Los bomberos o los presentadores no nos dan un producto natural o artesano, sino que realizan un **trabajo que ayuda a la comunidad**.

Muchas personas de nuestro entorno trabajan en el **sector** que da **servicios** a la comunidad: los maestros enseñan, los camareros sirven, los médicos curan y los conductores del autobús nos transportan.

Observa y comprende Las personas que nos prestan sus servicios

¿Quién nos presta sus servicios a diario? Mira los ejemplos y comenta qué servicio dan.

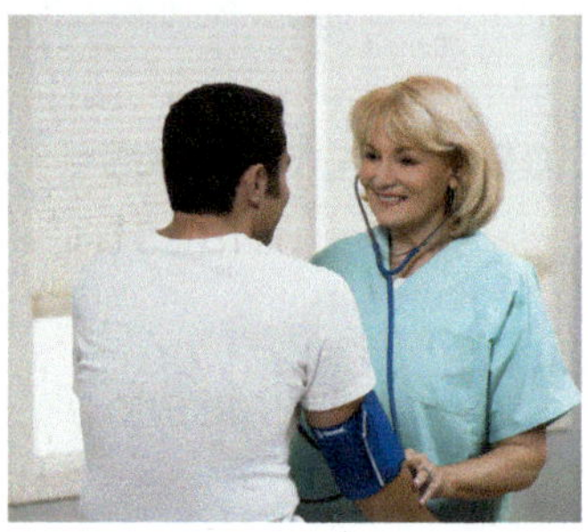

23 Relaciona cada fotografía con un empleo del sector servicios de la lista.

1. Médicos y enfermeros
2. Alcaldes y presidentes del gobierno
3. Policías, jueces y abogados
4. Dependientes de las tiendas
5. Actores, cómicos y músicos
6. Fontaneros y electricistas
7. Periodistas, locutores y presentadores
8. Trabajadores de hoteles y restaurantes
9. Maestros, profesores y cuidadores
10. Conductores de autobuses, trenes y taxistas

Observa y comprende · Los pasos para obtener un producto

Ya conoces los tipos de trabajo que puede haber en tu comunidad. Observa cómo participan los sectores primario, secundario y servicios en el proceso necesario para que tú puedas comprar una bolsa de palomitas.

1. **Sector primario.** Los agricultores siembran y obtienen el maíz maduro de la naturaleza.

2. **Sector secundario.** Una industria compra maíz, lo calienta para elaborar las palomitas y lo envasa.

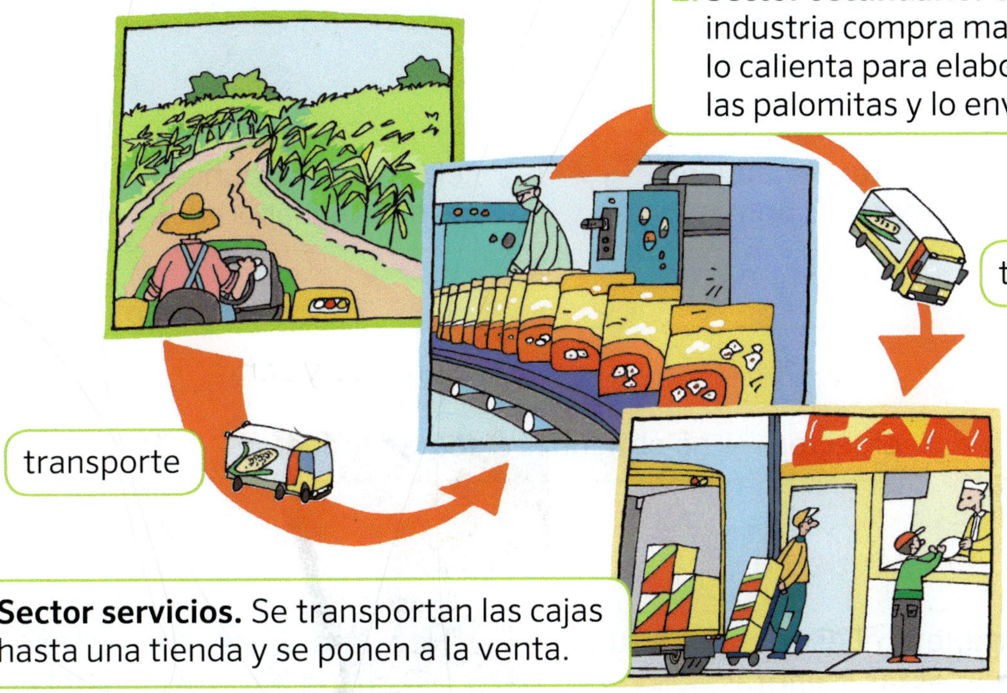

3. **Sector servicios.** Se transportan las cajas hasta una tienda y se ponen a la venta.

- El trabajo de muchas personas es **prestar servicios** a la comunidad, como hacen los maestros, médicos y camareros.
- En los trabajos del sector servicios **no se obtienen ni se elaboran productos**.

Actividades

24 Completa las frases.

a) En el sector primario se obtienen ●●● de la naturaleza.

b) En el sector ●●● se fabrican ●●● a partir de las materias primas.

c) En el ●●● se prestan servicios.

25 Valora los empleos:

a) ¿Qué tipo de trabajadores te ayudan cuando vas al cine?

b) ¿Cuánta gente te presta servicios en un día de viaje en tren?

c) ¿En qué trabajan tus padres?

Organiza tus ideas

En el municipio

- la ●●●
- los vecinos y sus ayuntamientos
- los alumnos, padres, profesores y trabajadores

→ cumplimos las ●●● → y somos buenos ●●●.

En el trabajo

- el sector ●●● obtiene materias primas
- el sector ●●● fabrica productos elaborados
- el sector ●●● no obtiene ni elabora productos

→ Estos empleos se realizan en mi localidad.

Trabaja con el esquema

26 Copia y completa el esquema en tu cuaderno con estas palabras.

servicios - familia - ciudadanos
secundario - normas - primario

27 Completa la oración.

Cumplimos las ●●● en casa con la ●●●, en el ●●● con los compañeros y en la localidad con los ●●●.

28 Dibuja las situaciones a, b y c en el lugar que corresponda de tu esquema.

29 Haz una frase con estas palabras usando la información del esquema.

personas | productos | elaborados | naturales | sector secundario

30 Copia y completa este esquema con las palabras de los recuadros.

productos elaborados → ●●● / ●●●

productos naturales → ●●● / ●●● / ●●●

artesanos | minerales | cereales | pesca | industriales

Repasa la unidad

31 ¿Por qué es importante la familia para ser un buen ciudadano?

32 Copia las frases en tu cuaderno y anota si son verdaderas (V) o falsas (F).

En un pueblo viven millones de personas.	
En las ciudades las distancias de un lugar a otro son cortas.	
Los edificios de una ciudad son altos.	
En los pueblos los vecinos se suelen conocer.	
En los pueblos hay mucho tráfico.	

33 Nombra estos oficios y señala cuáles son servicios municipales y cuáles no.

a) 

b) 

c) 

d) 

34 ¿Qué están haciendo bien en estas imágenes? Explícalo en tu cuaderno.

a 

b 

35 Copia las columnas y relaciona los conceptos con flechas.

cesto de mimbre •	• producto artesanal
médico •	• producto industrial
bombillas •	• servicios a la comunidad

36 Copia las señales de tráfico de este circuito y explica lo que significan.

37 Escribe lo que tienes que hacer para comportarte como un buen ciudadano a la hora de viajar en coche.

38 Copia la tabla y coloca cada oficio en el sector al que corresponda.

ganadero - vendedor de ropa - bombero - obrero en una fábrica de coches - minero - fabricante de pianos - empleado de limpieza en el colegio - leñador - fontanero

Sector primario	Sector secundario	Sector servicios

smSaviadigital.com
VALORA LO APRENDIDO Comprueba lo que sabes en la **autoevaluación**.

Ponte a prueba

Un código de circulación para el colegio

Muchas veces te habrán dicho en el colegio que no corras por los pasillos. Pero ¿sabes por qué no debes hacerlo?

Correr en los pasillos causa accidentes, puede estropear los bienes del colegio y molesta a los niños de otras aulas.

1. Escribe en tu cuaderno una norma para mejorar la convivencia en el colegio. Explica por qué es importante cumplirla.
2. Representa tu norma en un dibujo con forma de señal.
3. Intercambia las señales con tus compañeros. Adivina la norma que han ilustrado. ¿Has entendido bien su dibujo? ¿Han comprendido el tuyo? ¿Sirven como señal?

Tarea final ¡Eso es de todos!

En la clase y en la localidad hay muchas cosas que usamos todos y que parecen no tener dueño: la pizarra, las mesas, los bancos de la calle... En realidad, sí tienen dueño: ¡cada uno de nosotros!

Entre todos vamos a votar la norma estrella de nuestra clase, para cumplirla de aquí en adelante.

PASO 1 Escribid una norma cada uno e introducidlas todas en una urna.

PASO 2 Cada miembro del grupo sacará una norma de la urna al azar. Elegid la más importante de vuestro grupo y componed un mural que explique por qué debéis cumplirla y qué sucede si no se cumple.

PASO 3 Presentad vuestra norma al resto de la clase y explicad su importancia. ¡Convenced a los otros grupos de que la vuestra es la norma estrella!

PASO 4 Votad entre todos cuál será la norma estrella para toda la clase de aquí en adelante.

smSaviadigital.com
VALORA LO APRENDIDO ¿Cómo has trabajado en esta **tarea**?

Tu revista

Un artesano en cada calle

En la la Edad Media, los trabajadores de las ciudades eran tan importantes que las calles recibían el nombre de sus oficios: bordadores, herreros, cuchilleros, libreros...

Hoy día las calles reciben el nombre de personas importantes del mundo de la política, la cultura o el deporte. ¿Qué nombre darías a tu calle?

¿En qué sector trabajan los bordadores? ¿Dónde están las calles más antiguas de una localidad?

Ser ciudadano es cosa de todos

Los antiguos esclavos no tenían derechos, pero sí muchos deberes. Aún hoy muchas personas se ven privadas de derechos por culpa de las guerras o de problemas políticos.
¿Te imaginas no disfrutar de ningún derecho, pero tener todos los deberes?

¡Recuerda dos derechos y dos deberes que tengas en casa, en el colegio y en la calle!

Un problema muy antiguo

Los problemas de tráfico en las ciudades no son nuevos... ¡Antes de que se inventaran las señales de tráfico podían ser incluso peores! Eso es lo que muestra este cómic de *Astérix en Lutecia*.

¿Qué cosas buenas aportan las señales de circulación? ¿Qué sucede cuando no las cumplimos?

Un oficio helador

En algunas partes del mundo hay hielo todo el año, así que los pescadores no pueden usar barcas ni sentarse a la orilla del río o del mar. ¿Sabes cómo pescan? ¡Cavando agujeros en el hielo!

¿Con qué productos trabajan los pescadores: naturales o elaborados?

Comprueba lo que has aprendido

Test

¿Puedes recordar todo lo que has aprendido durante este trimestre? ¡Compruébalo!

1. ¿Qué es un paisaje?

A. Los elementos artificiales que hay en un determinado lugar.

B. Los elementos naturales que aparecen en las fotografías.

C. Los elementos naturales y artificiales del terreno que nos rodea.

2. ¿Qué tipo de paisaje aparece en esta imagen?

A. Humanizado de costa.

B. Humanizado y rural.

C. Paisaje natural.

3. ¿Cuál de estas imágenes se corresponde con un paisaje de costa?

A)  B)  C) 

4. ¿Dónde se encuentra la mayor parte del territorio que forma España?

A. En las islas Canarias y Baleares, y en las ciudades de Ceuta y Melilla.

B. En la península Ibérica.

C. En Portugal.

5. ¿Qué cosas pueden provocar cambios en los paisajes?

A. Las fotografías que sacamos.

B. El cuidado del aire, el agua y el suelo.

C. El paso del tiempo, la acción de la naturaleza y las personas.

6. ¿Dónde aprendemos las primeras normas?

A. En casa, en el colegio y en la calle.

B. En clase de Inglés.

C. En el trabajo de los familiares.

7. ¿Cómo pueden ser las localidades?

A. Barrios o ayuntamientos.

B. Pueblos o ciudades.

C. Altas o bajas.

8. ¿De qué se encargan los ayuntamientos de los municipios?

A. Gobiernan y organizan los servicios públicos para los vecinos.

B. Organizan y dividen la localidad en las zonas del centro y de las afueras.

C. Organizan los barrios residenciales y las zonas industriales.

9. ¿A qué sector pertenece la ganadería?

A. Al primario.

B. Al secundario.

C. Al sector servicios.

10. ¿Quiénes trabajan en el sector de los servicios?

A. Pescadores y agricultores.

B. Enfermeros, vendedores y maestros.

C. Ninguno de los anteriores.

smSaviadigital.com REPASA

Imagina tu rincón

¿Has pensado alguna vez cómo sería tu paisaje ideal? ¡Aquí tienes una oportunidad para hacerlo!

Puedes pensar en un paisaje real o completamente imaginario; solo tienes que reflexionar sobre algunas cuestiones.

1. ¿Qué te gustaría observar desde tu ventana cada mañana al despertarte? Haz una lista en la que enumeres los elementos naturales que podrías ver.

Elementos naturales
•••

2. ¿Qué necesitarías para sobrevivir en tu paisaje ideal? Escribe las modificaciones que tendrías que introducir en él para vivir cómodamente.
3. ¿Qué deberías evitar hacer para no dañar tu paisaje natural?

El niño salvaje de Aveyron

El 18 de enero de 1800, unos cazadores franceses encontraron a un niño de unos 12 años que había vivido solo en el bosque desde pequeño.

Comía frutos y raíces, corría a cuatro patas, como los animales del bosque, y no hablaba ni confiaba en ningún ser humano.

1. Haz una lista con las cosas que has aprendido tú desde pequeño. ¿Cuáles de ellas no podría aprender un niño salvaje que creciera solo?
2. Cuando encontraron al niño de Aveyron, este se quedó a vivir junto a una familia. Imagina cómo fue su reacción en una de estas situaciones y explícala.
   - La primera vez que alguien le habló.
   - La primera vez que vio una ciudad.
   - La primera vez que un profesor le enseñó a escribir.

Un museo en clase

PROYECTO TRIMESTRAL
Descubrimos el arte

¿Quieres ser paisajista?

Un pintor puede representar cualquier objeto que ve a su alrededor. Por eso, las obras de arte sirven para estudiar muchas cosas, entre ellas, los paisajes. ¡Compruébalo!

L. S. Lowry: *Escena del molino*

P. Brueghel el Viejo: *Los segadores*

G. Seurat: *Marea alta*

N. Currier: *Campamento indio*

1 **Señala en tu cuaderno en cuáles de los paisajes anteriores puedes ver estos elementos del relieve.**

playa | valle | río | bahía
montaña | cabo | llanura | sierra

2 **¿Qué tipo de paisaje representan las pinturas?**

a) ¿Hay construcciones humanas en las cuatro pinturas? ¿Qué construcciones han podido dañar más el paisaje?

b) Indica en qué obras aparecen poblaciones rurales y en cuáles aparecen zonas urbanas. ¿En qué se diferencian?

3 **Fíjate en las pinturas de la página anterior y relaciona cada una con una estación del año. ¿Qué pistas te han ayudado?**

4 **Observa estas tres fotografías y responde a las cuestiones en tu cuaderno:**

a) Señala a qué sector de trabajo pertenece cada empleo.

b) ¿En cuál de los paisajes de las pinturas de la página anterior podrían trabajar estas personas? ¿Por qué?

5 **Has analizado las cuatro pinturas desde varios puntos de vista. Completa la tabla con tus conclusiones en el cuaderno.**

OBRA	¿Es un paisaje humanizado o natural?	¿Es un paisaje de costa o de interior?	¿En qué estación del año se pintó?	¿Es paisaje rural o urbano?	¿Para qué sector de trabajo es apropiado?
A	●●●	●●●	●●●	●●●	●●●
B	●●●	●●●	●●●	●●●	●●●
C	●●●	●●●	●●●	●●●	●●●
D	●●●	●●●	●●●	●●●	●●●

6 **Dibuja un paisaje en el que puedan trabajar personas del sector primario, del sector secundario y del sector terciario. ¡Exponed todos los paisajes en clase!**

5 El tiempo pasa

Profesiones con historia

¿A qué te gustaría dedicarte cuando seas mayor? ¡Hay tantas profesiones interesantes!

Los arqueólogos, por ejemplo, investigan cómo vivían las personas hace muchos años. Para ello, realizan excavaciones donde buscan objetos de épocas anteriores.

Después, los historiadores analizan esos restos para estudiar y explicar cómo fue el pasado de los seres humanos.

Los objetos antiguos y las explicaciones de los historiadores se exponen en los museos. Allí todos podemos verlos y aprender cómo vivían pueblos tan antiguos como los egipcios, o incluso cómo eran los hombres que descubrieron el fuego.

¿Te gustan estas profesiones? ¡Aquí podrás aprender más sobre ellas!

Hablamos

1. ¿En qué consiste el trabajo de los arqueólogos? ¿Cómo lo explica el texto?
2. Fíjate en la imagen. ¿Dónde están expuestos estos restos? ¿Quiénes crees que los han encontrado?
3. Imagina que eres un arqueólogo. ¿Qué restos te gustaría encontrar en una excavación?

¡Qué importante es... conocer el pasado!

Saber qué sucedió tiempo atrás nos ayuda a comprender mejor nuestro día a día. ¿Cómo puedes informarte de las cosas que ocurrieron hace tiempo?

Tarea final

Montad una exposición con piezas de épocas pasadas. ¡Como auténticos arqueólogos!

1 Pasado, presente y futuro

Continuamente nos pasan cosas y vivimos experiencias nuevas. Unas sucedieron antes de que entráramos hoy en clase, otras ocurren mientras leemos este texto y otras pasarán a la salida. Nuestra memoria necesita ordenarlas.

¿Cómo se organiza el tiempo?

Las personas necesitamos saber **cuándo suceden las cosas**. Para ello usamos esta división del tiempo:

- El **pasado** representa hechos que **ya han ocurrido**, como nuestro nacimiento o la cena de ayer.
- El **presente** se corresponde con lo que sucede **en este momento**. En tu caso, estás leyendo este libro.
- El **futuro** se refiere a los hechos que ocurrirán **más adelante**: en un rato, dentro de unos días o bien dentro de algunos años.

PASADO, PRESENTE Y FUTURO

Taller de Historia

Hacemos un árbol genealógico

Cada día regresas a casa desde el colegio y compartes tu vida con tu familia. Estamos acostumbrados a vivir el presente con ellos, pero ¿habías pensado que en tu casa hay historias que sucedieron antes de tu nacimiento? Es la **historia** de nuestros hermanos mayores, padres y abuelos. ¡Investígala!

Paso 1

Pregunta el nombre de tus abuelos a tus padres, si no los sabes, y anótalo. Completa la lista con los nombres de tus padres, el tuyo y el de tus hermanos, si tienes.

Paso 2

A continuación, dibuja un árbol como este en tu cuaderno y coloca en él los nombres de los miembros de tu familia.

Paso 3

Puedes completarlo con fotografías de tus familiares. Con esta forma de organizar la información tendrás, de un solo vistazo, el pasado y el presente de tu familia.

1. Cada familia es única e irrepetible. ¿Cómo es la tuya? ¿Y la de tus compañeros?

- El **pasado** representa hechos que ya sucedieron.
- El **presente** es aquello que ocurre en este instante.
- El **futuro** es todo aquello que ocurrirá más adelante.

Actividades

2. Copia la tabla y coloca estos hechos en el lugar que corresponde.

Pasado	Presente	Futuro
●●●	●●●	●●●

- Estoy haciendo los deberes.
- El primer día que fui al colegio.
- Las próximas vacaciones.

3. Escribe una redacción sobre lo que está ocurriendo en este momento.
   a) ¿Qué haces tú? ¿En qué piensas?
   b) ¿Qué ropa llevas? ¿Y las personas que están a tu alrededor?

4. sm**Savia**digital.com
   PRACTICA Ordena estas actividades en **el tiempo**.

2 El tiempo se mide

A veces resulta complicado organizar nuestras vidas. ¿En qué día de la semana cayó tu cumpleaños? ¿Cuándo fuiste de excursión por última vez? ¿Cuánto falta para las vacaciones?

Para solucionar estas cuestiones las personas buscaron formas de medir el tiempo. ¿Cuáles se te ocurren?

¿Cómo se mide el tiempo?

Para organizar nuestras actividades diarias, las personas necesitamos **medir el tiempo**. Para ello utilizamos distintos **instrumentos**:

- El **reloj** es el instrumento con el que medimos el tiempo en **segundos**, **minutos** y **horas**.

  Para utilizarlo es necesario saber que un día tiene 24 horas, una hora dura 60 minutos y un minuto es igual a 60 segundos.

- El **calendario** es un instrumento que se utiliza para medir el tiempo en **días**, **semanas**, **meses** y **años**.

  Para manejarlo debemos saber que un año tiene 365 días agrupados en doce meses. Cada mes tiene cuatro o cinco semanas de 7 días cada una.

¿Sabías que...?

Los antiguos egipcios utilizaban relojes de agua. Eran unas vasijas de barro que dejaban salir, gota a gota, el agua que contenían.

Esa era la forma que tenían de saber cuánto duraba su jornada de trabajo.

- ¿Qué hechos podrías medir con este reloj?

Gracias a los calendarios podemos comprobar si un mes dura 30 o 31 días, o 28 como en el caso del mes de febrero.

Otras maneras de medir el tiempo

Usamos el reloj y el calendario para medir el tiempo de nuestra vida diaria. Pero, ¿cómo se miden los períodos de tiempo más largos?

Estas son algunas de las unidades que nos sirven para medir **períodos de varios años**:

Nombre del período	Número de años	Ejemplo
Bienio	2	Hace más de un bienio que se me cayó el primer diente.
Trienio	3	En este curso cumplimos un trienio en Primaria.
Cuatrienio	4	Cada cuatrienio, los años tienen un día más.
Lustro	5	Hace un lustro que empecé a ir al colegio.
Década	10	Dentro de una década tendré edad para conducir.
Siglo	100	El próximo siglo comenzará en el año 2100.
Milenio	1.000	Hace un milenio no se había inventado el teléfono.

- Para medir el tiempo las personas utilizamos el **reloj** y el **calendario**.
- Para medir períodos de tiempo más largos usamos los **años**, **lustros**, **décadas**, **siglos** o **milenios**.

Actividades

5 ¿Qué instrumentos usas a diario para medir el tiempo? Dibújalos en tu cuaderno.

6 Ordena las unidades de medida del tiempo de mayor a menor duración.

hora · siglo · lustro · minuto · segundo · año

7
- ¿Cuántos años son dos lustros?
- ¿Cuántos bienios tiene una década?
- ¿Cuántos siglos son 200 años?

8 Elabora un horario de clases. ¿Qué medidas de tiempo has usado?

9 ¿Cuál puede ser la mejor respuesta?

a) Los hombres vivieron en cuevas hace varios ●●●.

trienios / milenios

b) El avión se inventó hace menos de dos ●●●.

siglos / lustros

10 smSaviadigital.com JUEGA Y APRENDE Ayuda al murciélago a escapar a **tiempo**.

Párate a pensar

Ahora ya sabes cómo ordenar los hechos que pasaron antes, que ocurren ahora mismo o que puede que sucedan en el futuro.

¡Comprueba si ya estás listo para medir el tiempo!

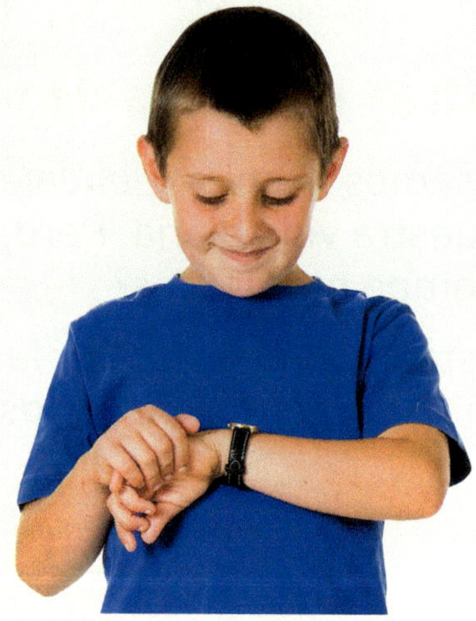

11 Observa este esquema. Lee y completa la información que contiene siguiendo la dirección de las flechas: de arriba hacia abajo y de izquierda a derecha.

El tiempo

- se divide en tres momentos
  - pasado
  - •••
  - futuro
- se puede medir con
  - el •••
  - el calendario
- puede medirse con diferentes unidades
  - por ejemplo
    - bienio
    - •••
    - cuatrienio
    - lustro
    - década
    - siglo
    - milenio

12 Utiliza la información del esquema y transfórmala en una redacción. Sigue el modelo de esta ficha y completa la redacción con ejemplos de tu vida diaria.

El tiempo se ••• en tres momentos: •••.
El tiempo se puede ••• con algunos instrumentos, como •••.
El tiempo puede •••, por ejemplo: •••.

13 Explica para qué sirve un calendario. Enumera tres actividades que puedas organizar en cada uno de estos ejemplos.

14 ¿Sabes que no todos los años tienen 365 días? Busca información y completa la frase.

a) ¿Cuántos días tuvieron los años 2008, 2009, 2010, 2011 y 2012? ¿Qué diferencia aprecias entre ellos?

b) Investiga en qué mes se produjo el cambio.

c) Completa en tu cuaderno: los años que tienen un día ●●● en el mes de ●●● se llaman años bisiestos.

¿Antes, ahora o después?

15 Carlota ha aprendido en clase de Ciencias Sociales lo importante que es medir y estudiar el paso del tiempo. ¡Ahora llega el momento de demostrarlo!

La profesora les ha pedido que escriban y ordenen una serie de hechos. Pero no sabe por dónde empezar... ¿Podrías echarle una mano?

a) En una hoja cuadriculada, dibuja una línea horizontal y divídela en tres partes.

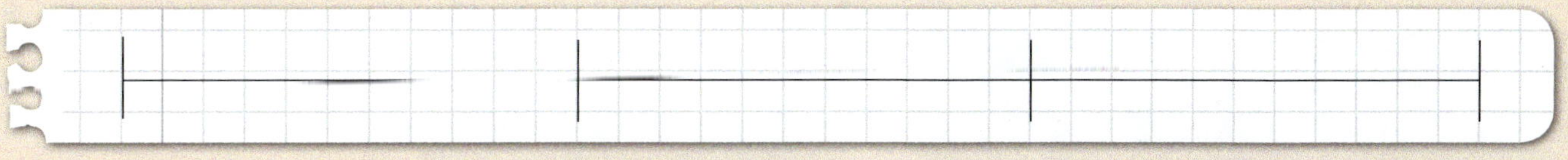

b) En cada una de las tres partes debes señalar un momento del tiempo. ¿En qué hueco pondrías el presente? ¿Y el futuro? Pues bien... ¡solo te queda incluir el pasado y ya está lista tu primera línea del tiempo!

c) Ahora copia y relaciona estas dos columnas en tu cuaderno. Después, coloca los diferentes hechos en el lugar que corresponde dentro de tu línea de tiempo.

Hace un trienio... ●	● podrían existir coches voladores.
Dentro de un lustro... ●	● empecé 1.º de Primaria.
Ahora mismo... ●	● hace calor.
Cuando pase una década... ●	● sabré más cosas que ahora.
Dentro de tres milenios... ●	● cumpliré 18 años.
Hoy... ●	● estoy estudiando el paso del tiempo.

3 Las edades de la Historia

Seguro que has escuchado a las personas mayores hablar sobre cómo y dónde vivían de pequeños, a qué jugaban, etc. Esas anécdotas forman parte de su historia personal.

¿Por qué crees que es importante acordarse de las cosas que sucedieron en el pasado?

¿Qué es la Historia?

La **historia** de una persona es el conjunto de acontecimientos que le ocurrieron en el pasado. Conocerla no resulta difícil si esa persona está cerca de nosotros y nos la cuenta.

Pero, a veces, conocer el pasado resulta complicado, porque requiere investigar **hechos muy antiguos** o que se refieren a **muchas personas**.

Por ejemplo, resulta fácil saber cuándo nació un compañero de clase, pero ¿podrías decir cuándo aparecieron los primeros seres humanos? ¿Y sabes cómo vivían entonces?

Para responder a estas preguntas más complicadas se creó la **Historia**, que es la **ciencia** que investiga el pasado de los seres humanos, desde su aparición hasta la actualidad.

Los cuadros, como *Las Meninas* de Velázquez ayudan a conocer otras épocas de la Historia.

Los edificios antiguos se restauran para conservarlos.

Gracias a las fotografías, podemos conocer la historia de una persona.

¿Cómo se divide la Historia?

Ya sabes lo que es la Historia. Ahora, ¿imaginas cuánto se tardaría en ordenar todos los acontecimientos que han sucedido desde que apareció el ser humano hasta hoy?

La Historia de la humanidad es muy larga y necesitamos organizarla en períodos de tiempo más cortos. Para ello, la Historia se divide en las **edades**. Cada edad agrupa varios **siglos** o incluso **milenios**.

Observa las edades de la historia en esta **línea del tiempo**:

LAS EDADES DE LA HISTORIA

- La **Historia** es la **ciencia** que estudia los hechos que sucedieron en el pasado a los seres humanos.
- La **Historia** se divide en varios períodos de tiempo llamados **edades de la Historia**.

Actividades

16 ¿Qué son las edades de la Historia? Explícalo en tu cuaderno.

17 Ordena las edades de la Historia sobre una línea del tiempo como esta.

Edad Media - Edad Antigua
Edad Contemporánea - Prehistoria
Edad Moderna

18 ¿Qué ciencia investiga el pasado de los seres humanos?

19 Elige una de las tres opciones y busca tres datos de su historia pasada.

tu población — el avión — tu deporte favorito

20 ¿Crees que las primeras personas se desplazaban en coche? ¿Por qué?

4 ¿Cómo se estudia el pasado?

La Historia es como un rompecabezas: conocemos solo algunas piezas y tenemos que reconstruirla.

Para eso hay que estudiar el pasado. ¿Cómo se hace? ¿Quién se dedica a ello?

¿Dónde está la información del pasado?

Para conocer la Historia es necesario buscar y estudiar elementos que ofrecen información, como los escritos antiguos o los restos de excavaciones.

Estos elementos reciben el nombre de **fuentes de información históricas** y pueden ser de **cuatro tipos**:

Fuentes escritas. Son textos como cartas, libros o diarios. Este tipo de **documentos** han aparecido sobre papel, piedras e incluso pieles.

Fuentes materiales. Son **objetos**, como monedas, huesos, vasijas... Se encuentran en excavaciones, en los fondos marinos, etc.

Fuentes gráficas. Se trata de **imágenes** que cuentan historias: cuadros, fotografías, dibujos o vídeos.

Fuentes orales. Se trata de leyendas, cuentos o relatos que se transmiten de una época a otra **de forma hablada** o en grabaciones.

¿Quién estudia la Historia?

Las personas que estudian y organizan los datos que se conocen de la Historia se llaman **historiadores**.

Un historiador se pregunta constantemente **qué hecho sucedió antes** que otro y **por qué** fue así. Luego, busca las respuestas en las fuentes de información históricas.

Gracias a sus estudios e investigaciones, los historiadores han podido ordenar los hechos conocidos de la larga historia de los seres humanos y destacar los más importantes de cada época.

- Las **fuentes históricas** proporcionan información sobre el pasado. Pueden ser **escritas**, **materiales**, **gráficas** u **orales**.
- Los **historiadores** son las personas que se dedican a **estudiar** y organizar los hechos de la **Historia**.

¿Sabías que...?

La edad en la que vivimos actualmente se llama Edad Contemporánea.

- Busca en el diccionario qué significa contemporáneo. ¿Por qué crees que se decidió ese nombre?

Actividades

21 ¿Qué son las fuentes históricas? Escribe la opción correcta.

A. El nombre que reciben las edades de la Historia.

B. Las personas que se encargan de investigar la Historia.

C. Los elementos que nos proporcionan información sobre el pasado.

22 ¿Quiénes se encargan de estudiar la Historia? Escribe cómo crees que es un día del trabajo de estas personas.

23 smSaviadigital.com
COMPRENDE Observa este vídeo sobre las **fuentes históricas**.

24 Clasifica estas fuentes históricas.

25 Escribe una redacción sobre cómo se vive en la actualidad. ¿Qué tipo de fuente histórica estás creando?

Organiza tus ideas

El tiempo y la Historia

- Según cuándo suceden las cosas, hablamos del tiempo → pasado / ●●● / futuro
- El tiempo se puede medir con el → reloj / ●●●

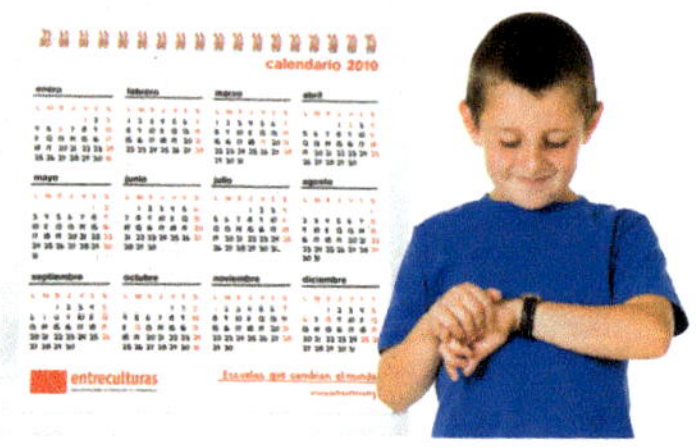

- Los hechos importantes del pasado forman parte de la → ●●● → que es estudiada por los → ●●●

Trabaja con el esquema

26 Copia el esquema en tu cuaderno y completa la información que falta.

27 ¿Dónde colocarías estas oraciones dentro del esquema?

- Mide los segundos, los minutos y las horas.
- Mide los días, las semanas, los meses y los años.
- La Historia se divide en diferentes edades históricas.
- Las edades de la Historia son cinco.
- Los historiadores utilizan fuentes históricas para estudiar el pasado.

28 Define con tus palabras estos conceptos que aparecen en el esquema.

pasado · futuro · reloj · Historia · historiadores

29 Haz un esquema en tu cuaderno de las fuentes históricas siguiendo este modelo.

Fuentes históricas
- son — ●●●
- tipos — ●●● / ●●● / ●●● / ●●●

Repasa la unidad

30 ¿Cuáles de estos objetos pertenecen al pasado? ¿Y cuáles se corresponden con el presente? Indica después cómo imaginas que serán en el futuro.

teléfono

luz

31 ¿Cómo podrías ordenar tu historia personal? Sigue estos pasos:

a) Escribe lo que haces ahora mismo.

b) Añade algunos hechos que recuerdes de tu pasado y cosas que crees que te sucederán en el futuro.

c) Organiza los datos en una línea del tiempo, del más antiguo al futuro.

32 ¿Con qué fuente histórica se corresponden estas imágenes? ¿Qué otro tipo de fuente histórica conoces?

a

b

c

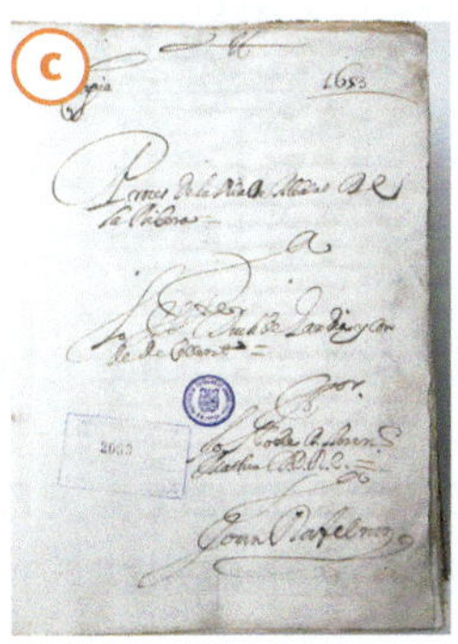

33 Estas dos imágenes muestran la misma ciudad en el pasado y el presente.

a

b

- ¿Qué diferencias aprecias entre ellas?
- ¿Qué ha podido causar los cambios?

34 Tus familiares pueden ser buenas fuentes de información. ¡Compruébalo!

a) Haz una entrevista a alguien mayor de tu familia y pregúntale cómo vivía cuando era pequeño.

b) Relata a tus compañeros lo que te contó en la entrevista.

c) ¿Qué tipo de fuente histórica has utilizado?

35 Los arqueólogos ayudan a encontrar fuentes históricas. Analiza este descubrimiento:

a) ¿Qué resto material han hallado?

b) ¿Qué información del pasado crees que podrá aportar esa fuente?

smSaviadigital.com

VALORA LO APRENDIDO Comprueba lo que sabes en la **autoevaluación**.

Ponte a prueba

La máquina del tiempo

Imagina que tienes una máquina del tiempo y que puedes viajar a la edad histórica que quieras. ¿Cuál de estos viajes elegirías? ¿Por qué? ¿Qué cosas querrías conocer de esa época?

Tarea final ¡Somos arqueólogos!

Uno de los trabajos más importantes de los historiadores y arqueólogos es conservar las piezas encontradas y exponerlas al público. ¡Vamos a hacerlo!

PASO 1 Colocaos en grupos de cuatro y buscad información sobre estos objetos arqueológicos: un hueso prehistórico, una vasija egipcia, una moneda romana y una espada medieval.

PASO 2 Cada alumno debe completar una ficha sobre uno de los objetos investigados:

Nombre: ....

Época de fabricación: ....

Tipo de fuente en la que encontré la información: ....

PASO 3 Fabrica en plastilina una copia del objeto sobre el que has investigado.

PASO 4 Intercambia tu objeto con el de un compañero y encárgate de su conservación. Para ello, aplica sobre la pieza cola blanca mezclada con agua.

PASO 5 Colocad cada pieza junto a su ficha y organizad una exposición en clase.

smSaviadigital.com

VALORA LO APRENDIDO ¿Cómo has trabajado en esta **tarea**?

Tu revista

La vida más corta del planeta

Las efímeras son unos de los insectos más antiguos del planeta, pero solo viven… ¡un día!

Su pasado, su presente y su futuro son tan cortos que casi se juntan. ¡Y les da tiempo a nacer, a crecer, a tener crías y a morirse!

¿Cuántos años pasas durmiendo?

Pasamos nada más y nada menos que 23 años de nuestra vida durmiendo, y casi dos años riendo o acatarrados… ¡A los 9 años habrás pasado ya 3 años en la cama!

¿Con qué medirías la vida de una efímera, con un reloj o un calendario? ¿Y la cantidad de años que duermes?

Busca las diferencias entre las dos ilustraciones y comprende cómo se vivía en el pasado.

¡Luces, acción!

La electricidad es un invento muy reciente. En una población actual hace que todo funcione: las luces, algunos transportes, la radio, el aspirador…

¡Piensa en cómo sería tu día sin electricidad!

El enigma de la esfinge

Piensa en esta adivinanza de la Edad Antigua: ¿quién se mueve a cuatro patas por la mañana, camina de pie a mediodía y utiliza tres pies al atardecer?

La respuesta es… ¡El ser humano! Fíjate en el dibujo para comprenderlo.

¿Cuál de todos estos personajes tiene el futuro más largo?

¡No sabían leer!

Hoy en día todos sabemos leer, pero no siempre ha sido así. En la Prehistoria no existían las letras, y hasta la Edad Contemporánea pocos las entendían… Por eso las historias se contaban hablando y cantando, como en los campamentos.

¿Qué tipo de fuente histórica son las canciones?

6 Así es nuestra Historia

¡Piedras y más piedras!

Cuando vamos de viaje con el colegio o con la familia, visitamos ciudades llenas de piedras y más piedras: ruinas por un lado, monumentos por otro. ¿Por qué les llamarán tanto la atención a los adultos? Los profesores dicen que es cultura...

Esas excursiones me gustan mucho más cuando alguien nos cuenta historias. Me encanta cuando cuentan cosas interesantes sobre las personas que vivían allí cientos de años atrás. Y también cuando nos enseñan restos de las casas y de las calles. Una vez aprendí que, hace miles de años, las personas tenían tiendas como las de ahora y hasta usaban monedas parecidas a las nuestras...

¡Qué vidas tan misteriosas! Quiero saber más sobre todos ellos. ¿Qué comían? ¿Qué instrumentos tocaban? ¿Qué hacían a diario? ¿Cómo se divertían? Para saberlo, tendré que conocer la Historia.

Hablamos

1. ¿Has visitado algún lugar parecido al que describe el texto?
2. ¿Por qué crees que los sitios de los que habla se encuentran, muchas veces, viejos o en ruinas?
3. ¿Qué ves en la fotografía? Inventa una historia sobre esa construcción.

¡Qué importante es... respetar el patrimonio!

Las ruinas antiguas tienen un gran valor, pues nos cuentan cómo se vivía hace muchos años. ¿Hay alguna ruina o monumento donde tú vives?

Tarea final

Viaja en el tiempo y conoce más cosas sobre las civilizaciones antiguas.

1 ¿Cómo se vivía en la Prehistoria?

Si piensas en la Prehistoria, ¿qué te viene a la cabeza? ¿Cuevas? ¿Mamuts?

¡Mejor que no pienses en dinosaurios, porque las personas nunca vivieron con ellos!

Cazadores en cuevas

La Prehistoria fue la época en la que aparecieron las **personas**, se organizaron y asumieron las **primeras costumbres** humanas.

Al principio, los seres humanos vivían en **tribus** familiares. Juntos, **cazaban** animales y **recolectaban** los frutos que encontraban en la naturaleza.

Las personas de la Prehistoria eran **nómadas**, es decir, no vivían en un sitio fijo. Cuando se acababan los alimentos donde vivían, andaban durante semanas hasta encontrar una nueva zona de caza y recolección, y una nueva **cueva** para vivir.

Estos cazadores usaban herramientas de **piedra** y **hueso** para cazar, pescar y coser las pieles. También pintaron las **primeras obras de arte** en los muros de sus cuevas.

Agricultores en poblados

Al cabo de miles de años, los seres humanos descubrieron que al plantar y regar las semillas nacían plantas que les servían de alimento, y se hicieron **agricultores**.

También aprendieron a encerrar y cuidar a los animales para no tener que salir a cazar, y pasaron a ser **ganaderos**.

Los nuevos agricultores se hicieron **sedentarios**, es decir, construyeron **poblados** con chozas donde quedarse asentados cerca de sus cultivos y de sus animales.

Para conocer las formas de vida de los poblados se estudian los **objetos de metal** y de **cerámica** que aprendieron a fabricar, y los restos de las viviendas. Estas fuentes históricas se hallan en las excavaciones.

Taller de Historia

Decora con pinturas prehistóricas

En la Prehistoria se descubrieron el **fuego**, las **herramientas**, la **ropa**... ¡Hasta el **arte**!

Las pinturas sobre piedra que se conservan en algunas cuevas se llaman **pinturas rupestres**. ¡Vamos a simular sobre papel una cueva con pinturas prehistóricas!

Materiales

- Papel continuo
- Ceras y témperas
- Pinceles
- Pajitas o cañas

Paso 1

Para imitar los materiales con los que se pintaba en la Prehistoria utilizaremos ceras, pinceles, pajitas y papel continuo.

Paso 2

Los colores más usados eran el rojo, marrón y negro, hechos con materiales naturales.

Paso 3

Los hombres de la Prehistoria pintaban animales, manos y personas. Elige tu motivo y píntalo en la pared de la cueva.

1. ¿Qué son las pinturas rupestres? Explícalo en tu cuaderno.

- Al inicio de la Prehistoria los humanos eran **nómadas**.
- Con el paso del tiempo, las personas se hicieron **sedentarias** y desarrollaron la **agricultura** y la **ganadería**.

Actividades

2. Copia y completa estas oraciones:
   - Los primeros seres humanos ••• animales y ••• fruta.
   - En ese período vivían en ••• y usaban ••• de piedra y hueso.

3. ¿Cómo se alimentaban los seres humanos tras hacerse sedentarios?

4. smSaviadigital.com PRACTICA Conoce la vida en **la Prehistoria**.

2 ¿Cómo eran las primeras ciudades?

¿Sabías que en las costas del mar Mediterráneo se conservan restos de algunas de las primeras culturas humanas? ¿Quiénes vivieron en ellas?

Las primeras ciudades y sus costumbres

La Historia se divide en edades para poder estudiarla. La primera comenzó tras la Prehistoria y se llama **Edad Antigua**.

En la Edad Antigua, algunos poblados prehistóricos crecieron y se convirtieron en **ciudades**. Para organizarse, sus habitantes desarrollaron un nuevo invento que permitía anotar las normas: la **escritura**.

En las ciudades se formaron las **primeras civilizaciones**, que eran grandes grupos de personas con una **cultura común**. Las personas que comparten una cultura pueden hablar el mismo idioma o tener costumbres parecidas. Fue el caso de los **egipcios**, los **griegos** o los **romanos**.

Observa y comprende ¿Qué nos dejaron los antiguos?

Algunas civilizaciones nacieron en lugares lejanos como China o India. Otras surgieron más cerca de nosotros, como Egipto, Grecia y Roma. Todas ellas nos han dejado grandes **inventos**, **avances** y **edificios**.

Los **egipcios** surgieron a orillas del río Nilo. Construyeron **pirámides** para sus reyes, llamados faraones, e inventaron la escritura con signos **jeroglíficos**.

Los **griegos** vivieron en la costa del mar Mediterráneo. Nos han dejado obras de arte, bellas historias de sus dioses, llamadas **mitos**, y ¡los **juegos olímpicos**!

¿Quiénes fueron los romanos?

Los **romanos** fueron una civilización muy importante para nuestra cultura, pues durante cientos de años vivieron en los territorios de la actual España.

Aquí construyeron **ciudades** cuyos restos aún podemos visitar. También nos dejaron el abecedario y muchas palabras de su idioma, el **latín**.

UNA CIUDAD ROMANA

- La **Edad Antigua** empezó con la invención de la **escritura**. Es la primera etapa de la **Historia**.
- Una **civilización** está formada por personas con una **cultura común**.
- Los **romanos** nos dejaron muchas huellas de su cultura, entre otras, el idioma.

Actividades

5. ¿En qué edad de la Historia se crearon las primeras grandes ciudades?

6. ¿Qué invento marcó el inicio de la Edad Antigua? Explica para qué lo usas en tu vida diaria.

7. ¿Cómo se llama la escritura que inventaron los antiguos egipcios?

8. Nuestro idioma se parece mucho al latín porque nació a partir de él. ¡Intenta traducir esta frase!

Hispania	terra	nostra
España	●●●	●●●

9. smSaviadigital.com PRACTICA ¡Aprende más cosas sobre **los romanos**!

3 De los castillos al océano

Los romanos nunca conocieron América y, sin embargo, en muchos países americanos se hablan idiomas que vienen del latín. ¿Cómo es posible?

¿Qué fue la Edad Media?

Cuando los romanos perdieron su poder, comenzó la **Edad Media**. En esa época nuestro territorio estaba dividido en dos zonas de culturas distintas: la **cristiana** y la **musulmana**.

¿Cómo vivían en la época medieval?

En los **reinos cristianos**, los reyes y los nobles vivían en **castillos** con murallas, y protegidos por soldados. Los monjes vivían en **monasterios**.

Cerca de los castillos y los monasterios, los campesinos construían **aldeas** con una pequeña iglesia. Las ciudades generalmente estaban amuralladas y muchas tenían una gran **catedral**.

Las personas hablaban lenguas nuevas nacidas del latín, como el **castellano**. Sin embargo, solo los monjes y algunos nobles sabían leer o escribir: la mayoría de la población era analfabeta.

Observa la ilustración

10 Busca en esta escena un campesino y un soldado. ¿A qué se dedicaba cada uno de ellos?

La población **musulmana** vivía en **ciudades**. Su gobernante vivía en un castillo llamado **alcázar**, y el pueblo rezaba en las **mezquitas**.

Los musulmanes hablaban **árabe**, y muchos de ellos se dedicaban al **comercio**, a la **ciencia** y al **arte**.

¿Qué pasó después de la Edad Media?

A finales de la Edad Media algunas **ciudades** cristianas crecieron por comercio, y sus habitantes recuperaron el interés por la **investigación** y la **cultura**.

Así comenzó la **Edad Moderna**, una época de grandes **inventos** como la imprenta de libros, y de largos **viajes por mar** a lugares desconocidos. En esa época los españoles descubrieron y conquistaron **América**.

Observa y comprende El descubrimiento de América

Cristóbal Colón fue un gran **navegante de la Edad Moderna**. Esta fue su historia.

1. Colón partió de España hace 500 años en busca de países lejanos con los que establecer **relaciones comerciales**.

2. Tras varios meses de viaje por el océano Atlántico, Colón llegó a una tierra desconocida: ¡**América**!

3. Allí encontró **otras culturas**, y alimentos que no se conocían en Europa, como la patata y el chocolate.

- En la **Edad Media** las personas vivían en **castillos**, **monasterios** y **aldeas**, o en **ciudades amuralladas**.
- En la **Edad Moderna** se lograron grandes **inventos** y **descubrimientos**, como el de América.

Actividades

11 Completa la tabla en tu cuaderno:

Edificio	Habitantes
Castillo	●●●
●●●	Monjes
Aldea	●●●

12 Copia y corrige la afirmación.

- En la Edad Media, Colón descubrió África y las ciudades se hicieron pequeñas.

13 ¿Imaginas navegar durante días? ¡Escribe el diario de un navegante!

4 Un mundo conectado

Colón no podía ver las noticias, las series o competiciones deportivas de países lejanos. Ni siquiera podía hablar desde América con sus familiares en Europa. Y, desde luego, no podía volar de vuelta a casa desde allí. ¿Qué inventos no conocía que tú usas a diario?

¿Cómo empezó nuestra época?

Hace poco más de dos siglos se inventaron las **fábricas** y las personas se trasladaron del campo a las **grandes ciudades** para buscar empleo.

También aparecieron los **medios de transporte** impulsados por máquinas, como el tren, y los **medios de comunicación** de larga distancia, como el teléfono.

En muchos países las personas se organizaron para conseguir normas más justas con **derechos y obligaciones para todos**.

Con estos cambios empezó nuestra época: la **Edad Contemporánea**.

¿Cómo vivimos en la actualidad?

Hoy en día los móviles, los ordenadores, los aviones o los trenes rápidos facilitan aún más las **comunicaciones** y han acercado a las personas de muchas partes del mundo.

Por ello las ciudades del mundo se parecen, los ciudadanos tienen hábitos similares, existen derechos internacionales, etc.

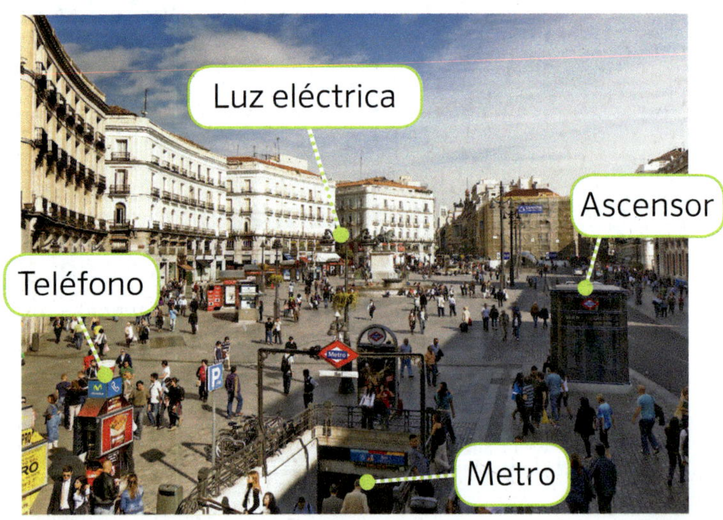

Observa la ilustración

14 ¿Qué inventos de esta escena de una ciudad actual no existían antes de la Edad Contemporánea? Haz una lista en tu cuaderno.

Observa y comprende ¡Tantas personas y tantos lugares!

En el mundo hay países con costumbres propias. Sin embargo, el mundo conectado permite que muchos compartamos hechos de la Historia, costumbres, modas y hasta hábitos diarios como los programas de televisión. ¡Conoce las principales culturas!

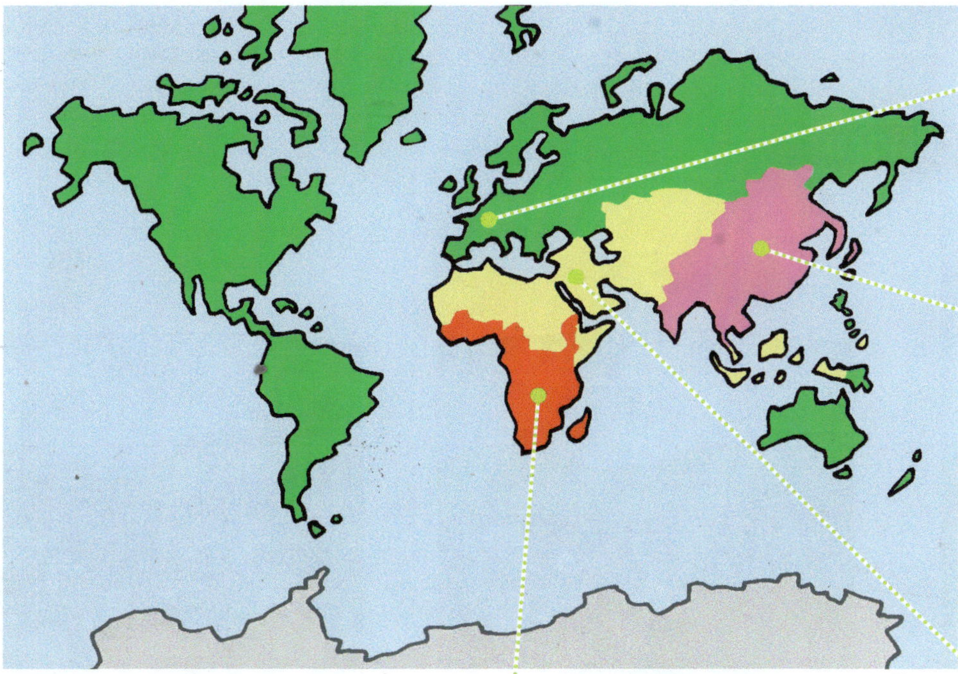

1. Nosotros vivimos en **Occidente**, que está formado por toda Europa, América y Australia.

2. Algunos países de **Oriente** son China, Japón o India. Tienen costumbres y religiones muy variadas.

3. Los **países musulmanes** están en Asia y en el norte de África.

4. En **África** hay países muy distintos. Las costumbres y las creencias religiosas cambian mucho de unos a otros.

- La **Edad Contemporánea** es la época de los **medios de transporte** y de las **comunicaciones**.
- Hoy día las personas tenemos **diferentes culturas** pero vivimos muy **conectados**.

Actividades

15 ¿En qué edad de la Historia vivimos?

16 ¿Cuáles han sido los avances más importantes de nuestra época?

17 Entrevista a tus abuelos. ¿Cómo eran sus teléfonos de niños? ¿Y sus ordenadores? ¡Cuéntalo en clase!

18 Entre todos, haced un listado de las nacionalidades presentes en clase. ¿A qué cultura pertenece cada una?

19 sm**Savia**digital.com
COMPRENDE Observa cómo es la vida en **otros lugares del mundo**. ¿Se parece a la tuya?

5 ¿Cómo cambia una localidad?

En tu localidad no siempre ha habido coches, ni teléfonos móviles, ni ordenadores. Al contrario: el lugar donde vives ha **cambiado mucho** a lo largo de los siglos.

Observa cómo ha evolucionado la **localidad** de las ilustraciones. Fíjate en los detalles.

LA HISTORIA DE NUESTRA LOCALIDAD

1. Los humanos de la **Prehistoria** vivían cerca de ríos, donde había animales y frutos. Inventaron el **fuego**, las herramientas, la rueda, la agricultura y la ganadería, y el arte.

2. En la **Edad Antigua** aparecieron los **medios de transporte**. Se desarrolló el comercio y se construyeron **ciudades** con algunos servicios y pequeños edificios.

3. En la **Edad Media** se construyeron **murallas** y **castillos** para defender las ciudades. En las localidades también destacaban la plaza, el mercado y la iglesia.

La vivienda y los modos de vida

A lo largo de la Historia ha habido **grandes cambios en las formas de vida**. Las personas han buscado nuevas maneras de protegerse del clima, como las cuevas, las chozas o las casas. También es distinto el modo de obtener los alimentos, de transportarlos, de vestirse, de hablar...

Estas transformaciones se pueden ver en localidades de todo el mundo. ¡Y todavía quedan siglos de cambios!

smSaviadigital.com
PRACTICA Descubre cómo han cambiado los **transportes**.

- La **localidad** en la que vivimos ha cambiado a lo largo del tiempo. Tiene su **propia Historia**.
- En los **barrios antiguos** podemos encontrar algunos **edificios** y **restos** de esa Historia.
- Desde la Prehistoria **han cambiado nuestros hábitos** y nuestras costumbres.

4. En la **Edad Moderna**, el **comercio** hizo que las **ciudades** crecieran. En ellas se levantaron grandes **universidades**, palacios y puertos.

5. En la **actualidad**, las ciudades tienen **rascacielos** y cuentan con **servicios** como el agua o la luz eléctrica. Nuestros medios de transporte son rápidos.

Compara las imágenes

20 Observa los cambios que ha experimentado esta localidad y coméntalos con tus compañeros.

21 Dibuja una línea del tiempo y ordena los hechos:

a) Se construyen rascacielos.
b) Se vive en cuevas.
c) Se levantan castillos.
d) Se desarrolla el comercio por mar.
e) Se construyen ciudades con calzadas y acueductos.

Actividades

22 ¿Qué zonas escogían los humanos para vivir durante la Prehistoria?

23 ¿Por qué se construyeron murallas alrededor de las ciudades en la Edad Media?

24 Imagina tu localidad en la Edad Moderna y dibújala en tu cuaderno.

25 Localiza en tu población monumentos de otras épocas. ¿Cuál crees que es el más antiguo?

Organiza tus ideas

Así es nuestra Historia

en la

- **Prehistoria** → los humanos eran → nómadas y después ●●●
- **Edad Antigua** → había grandes civilizaciones → egipcios, griegos y ●●●
- **Edad ●●●** → había dos culturas → cristianos y musulmanes
- **Edad Moderna** → hubo grandes → inventos y descubrimientos
- **Edad Contemporánea** → han mejorado los → transportes y las comunicaciones

Trabaja con el esquema

26 Copia y completa el esquema en tu cuaderno.

27 ¿En qué parte del esquema situarías a estos personajes? Explica por qué.

① ② ③ ④ ⑤

28 ¿Cómo puedes convertir el esquema en una línea del tiempo? Inténtalo en tu cuaderno.

Pista: Traza una línea recta y divídela en partes. ¡Empieza por la izquierda!

29 Elige una Edad de la Historia y descríbela en una redacción.

Así era nuestra Historia en la Edad...

30 Completa la tabla en tu cuaderno.

Etapa	Características
Prehistoria	●●●
Edad Antigua	●●●
Edad ●●●	●●●
Edad Moderna	●●●
Edad ●●●	●●●

31 Añade a tu esquema una característica de cada una de estas culturas.

egipcios griegos romanos

Repasa la unidad

32 ¿Qué materiales se usaban en la Prehistoria para fabricar herramientas?

33 Dibuja una escena de personas nómadas en la Prehistoria y otra de uno de los primeros poblados. Señala al menos cuatro diferencias entre ellas.

34 Observa la ilustración. ¿A qué edad de la Historia pertenece esta aldea?

35 Copia la sopa de letras en tu cuaderno y busca las definiciones de la lista:

1. El que no es nómada.
2. Invención con la que empezó la Historia.
3. Civilización antigua que vivió en la península Ibérica.
4. Hogar del rey medieval.
5. Invento para fabricar libros.

E	S	C	R	I	T	U	R	A	U
S	E	D	E	N	T	A	R	I	O
R	W	P	I	T	G	N	G	M	C
E	Q	D	B	D	Y	R	W	P	R
A	T	J	B	R	K	F	O	R	O
C	A	S	T	I	L	L	O	E	M
C	H	R	E	R	Q	Z	X	N	A
C	Z	K	D	R	Z	O	L	T	N
J	D	T	I	W	J	P	Q	A	O
K	K	G	X	Ñ	G	W	X	W	S

36 Completa una ficha de cada uno de estos barcos con la información de la caja. ¿Con cuál viajó Colón a América?

Edad Contemporánea / Edad Moderna
200 personas / 2.000 personas
transatlántico / carabela

Nombre: ....
Época: ....
Capacidad: ....

37 smSaviadigital.com
COMPRENDE Escucha este **mito griego**. ¿Quién es el protagonista? ¿Qué le sucede?

38 Observa esta ciudad y responde a las preguntas.

a) ¿De qué época es esta ciudad? ¿Por qué?

b) ¿Qué elementos conserva de épocas anteriores?

smSaviadigital.com
VALORA LO APRENDIDO Comprueba lo que sabes en la **autoevaluación**.

Ponte a prueba

Conocer para aprender

Ahora ya sabemos que incluso nuestras ciudades actuales son el resultado del paso del tiempo y de la Historia.

¿Sabes cuánta Historia tiene tu localidad?

1. Localiza edificios antiguos o ruinas en tu localidad e investiga sobre uno de ellos. Para ello, pregunta a los mayores, visítalo o busca datos.
2. Anota la información obtenida: dónde se encuentran, de qué época son, por qué son importantes... Puedes dibujarlos en tu cuaderno.

Tarea final Viajamos a las civilizaciones

¿Te atreves a viajar en el tiempo y conocer algunas grandes civilizaciones de la Antigüedad?

PASO 1 Formad grupos y elegid una de estas civilizaciones: egipcia, griega o romana.

PASO 2 Buscad información sobre la civilización que habéis elegido y ordenadla en una ficha:

a) Nombre de la civilización

b) Nombre de una ciudad de esa civilización

c) Modos de vida, instrumentos, herramientas o comidas

d) Dibujo de algún edificio o persona de esa civilización

PASO 3 Por turnos, explicad al resto de grupos la civilización sobre la que habéis investigado. Podéis hacerlo como si fuerais los guías de un viaje, representando situaciones de esa civilización. ¡Será como si toda la clase hubiera viajado miles de años atrás en el tiempo!

PASO 4 Cuando todos los grupos hayáis expuesto, entregad al profesor vuestra ficha con el resultado de vuestras investigaciones.

smSaviadigital.com

VALORA LO APRENDIDO ¿Cómo has trabajado en esta **tarea**?

¡Qué inventos!

El avión es un medio de transporte actual, como los coches o los trenes. Pero hace 500 años, un genio pensó que en el futuro se podría volar. Fue Leonardo da Vinci, un gran artista e inventor.

Para nosotros el invento del avión pertenece al pasado. ¿Y para Leonardo?

¡2.909 escalones!

Igual que las pirámides antiguas, los castillos medievales o los palacios modernos, nuestra época tiene un edificio típico: el rascacielos. Pero los rascacielos dependen de un invento: el ascensor...

En 2014, uno de los edificios más altos del mundo, la torre Burj Dubai, se quedó sin ascensores. Los que vivían en el último piso estaban a 2.909 escalones del suelo... ¿Y si al llegar a casa se te ha olvidado comprar el pan?

¿Qué edificios de tu población te parecen los más nuevos?

Dibujos históricos

Los dibujos animados cuentan historias mágicas o con personajes imaginarios, pero a veces nos ayudan a estudiar otras épocas porque muestran detalles de las casas, los transportes, las costumbres y la ropa... ¡Observa estos ejemplos!

¿Qué edad de la Historia aparece en cada ejemplo? ¿Puede un dibujo animado ser una fuente histórica?

Los Croods, 2013

El príncipe de Egipto, 1998

El jorobado de Notre-Dame, 1996

Comprueba lo que has aprendido

Test

¿Puedes recordar todo lo que has aprendido durante este trimestre? ¡Compruébalo!

1. ¿Cómo se divide el tiempo?
   - A. Pasado, presente y futuro.
   - B. Reloj, calendario y agenda.
   - C. Pasado, historia y tiempo.

2. ¿Cómo se mide el tiempo?
   - A. Es imposible.
   - B. Con el reloj y el calendario.
   - C. Con un metro.

3. ¿Qué es un lustro?
   - A. Un período de dos años.
   - B. Un período de cinco años.
   - C. Un período de diez años.

4. Nombra las cinco etapas de la Historia de la humanidad.

   - A. Prehistoria, griegos, romanos y egipcios.
   - B. Prehistoria, Edad Antigua, Edad Media, Edad Moderna y Edad Contemporánea.
   - C. Historia, escritura, griegos y romanos.

5. ¿Qué fuente de información es?
   - A. Fuente material.
   - B. Fuente gráfica.
   - C. Fuente escrita.

6. ¿Cómo vivían los primeros humanos?
   - A. Eran nómadas.
   - B. Eran sedentarios.
   - C. Conocían bien la agricultura y la ganadería.

7. ¿Qué civilización construyó las pirámides junto al río Nilo?
   - A. La civilización griega.
   - B. La civilización romana.
   - C. La civilización egipcia.

8. ¿Qué idioma hablaban los romanos?
   - A. El romano.
   - B. El latín.
   - C. El castellano.

9. ¿Cuáles fueron las grandes culturas medievales en la península Ibérica?
   - A. La cristiana y la musulmana.
   - B. La de los monasterios y los castillos.
   - C. Las respuestas a y b son incorrectas.

10. ¿Qué se descubrió en la Edad Moderna?
    - A. La escritura.
    - B. Los primeros aviones.
    - C. América.

smSaviadigital.com REPASA

Los museos

Seguro que, si piensas en un museo, te viene a la cabeza una colección de cuadros y obras de arte. Pero ¡hay museos de muchos tipos!

En los museos de Historia se conservan objetos del pasado de gran valor y que nos ofrecen información sobre cómo vivían las personas hace muchos años.

Piensa en lo que has aprendido sobre la Historia y las profesiones relacionadas con ella, y responde a estas preguntas.

1 ¿Quiénes se encargan de buscar objetos del pasado?

2 ¿En cuál de estos lugares se han hallado los objetos expuestos en el museo de Historia?

a 

excavación arqueológica

b 

mercado

3 ¿Qué tipo de fuente histórica es un objeto de un museo?

4 Relaciona las salas del museo de Historia con los restos que exponen.

la primera imprenta ●	● sala de la Prehistoria
una espada medieval ●	● sala de la Edad Antigua
un cuenco hallado en un poblado ●	● sala de la Edad Media
una moneda romana ●	● sala de la Edad Moderna

5 Piensa qué objetos del presente te gustaría exponer en un museo y dibuja una sala de tu museo del futuro.

Unos juegos con historia

PROYECTO TRIMESTRAL
Descubrimos la historia

¡Participa en los juegos olímpicos!

Los juegos olímpicos son una competición deportiva mundial que se celebra en grandes ciudades del mundo. ¿Sabes qué civilización los creó? ¿Cada cuánto se celebran?

1. **Los griegos fueron una de las primeras civilizaciones. ¿Qué es una civilización? ¿En qué edad de la Historia aparecieron?**
2. **¿Cómo vivían las personas antes de que surgiesen las primeras ciudades? ¿Qué nombre recibió ese período?**
3. **Anota en tu cuaderno cuáles de estos avances tuvieron lugar en la Edad Antigua. ¿Aparecen todos en la ilustración?**

- primeras ciudades
- rascacielos
- primeros medios de transporte
- universidades
- fuego
- comercio
- iglesias
- castillos

4 **Las primeras olimpiadas se celebraron hace 27 siglos en Grecia. Averigua cuántos años han pasado desde entonces:**

Un siglo tiene		•••	años.
Los juegos olímpicos aparecieron hace	x	27	siglos.
Los juegos olímpicos aparecieron hace		•••	años.

5 **En el museo de Arqueología has visto esta cerámica griega.**

a) ¿Qué profesión tiene la persona que desenterró la vasija?

b) ¿Qué aparece representado en el recipiente?

c) ¿Qué tipo de fuente histórica es?

A. Fuente escrita | C. Fuente gráfica
B. Fuente material | D. Fuente oral

6 **El símbolo de los juegos olímpicos son cinco anillos de colores unidos entre sí. Cada uno representa un continente.**

a) ¿Cuáles son los continentes del planeta? ¿En cuál vives?

b) Dibuja los aros olímpicos del nadador en tu cuaderno.

7 **Observa el mapa de los juegos olímpicos actuales. ¿En qué continente se han celebrado más veces? ¿Y en cuál menos?**

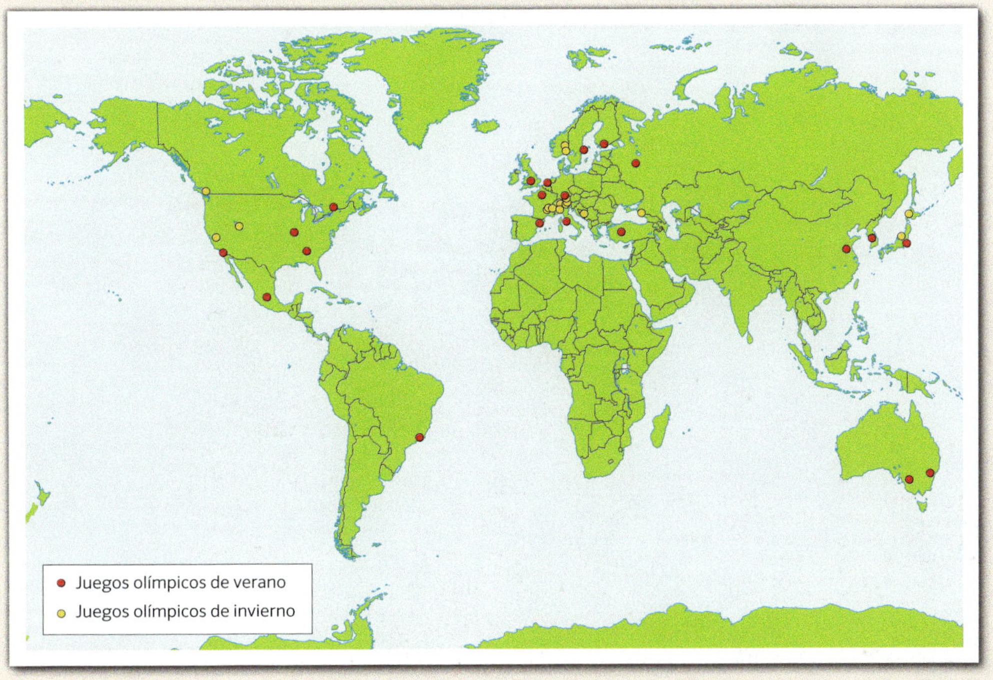

Repasa y juega

Materiales:
- Cartulina blanca
- Tijeras y pegamento
- Rotuladores de colores
- Punzón
- Encuadernador

Un paseo por el universo

Crea un sistema solar en movimiento y repasa los planetas que lo forman

1

Dibuja dos círculos grandes e iguales en una cartulina y recórtalos. En uno de ellos dibuja un sistema solar con el Sol en el centro, y alrededor, los planetas.

2

En el otro círculo dibuja un cielo estrellado y recorta algunos huecos en él. Dibuja también una pequeña nave espacial y recórtala.

3

Pega la nave en el borde del círculo del cielo estrellado. Coloca este círculo sobre el del sistema solar y únelos con un encuadernador.

4

Ya puedes viajar por nuestro sistema solar. Gira los círculos y compruébalo. **¡Gracias a lo que has aprendido podrás reconocer todo lo que ves!**

Materiales:
- Cartulina blanca
- Regla
- Tijeras y pegamento
- Rotuladores de colores

Evita la Contaminación

Construye una alarma contra la contaminación del paisaje

1

Recorta un cuadrado de cartulina y dibuja un mar arriba, un río abajo, una localidad a la izquierda y un bosque a la derecha. Fíjate en el modelo.

2

Recorta otro cuadrado del mismo tamaño con una pestaña a cada lado. Divídelo en cuatro triángulos.

3

Dibuja en cada triángulo un paisaje contaminado: el mar arriba, el río abajo, la población a la izquierda y el bosque a la derecha. Después, recorta cada uno de los triángulos.

4

Pega las pestañas que has dibujado en los lados del paisaje. **Descubre a tus compañeros cómo quedaría tu paisaje si no lo cuidáramos.**

3 Los paisajes cambian

Materiales:
- Cartulina blanca
- Tijeras
- Lápices de colores

Paisajes en raya

Crea un juego de las tres en raya con un paisaje de tu zona

1

Dibuja un tablero de tres en raya en una cartulina blanca. Decóralo como si fuese el paisaje en el que vives.

2

Inventa dos figuras y dibuja cada una tres veces. Hazles una pestaña para que se sostengan y recorta las seis fichas.

3

¡Ya tienes un tres en raya con el paisaje del lugar en el que vives!

Materiales:
- Cartulina blanca
- Tijeras
- Rotuladores de colores

Un plano a su servicio

Dibuja un plano de tu localidad con los edificios más destacados

1

Dibuja en una cartulina un plano con los edificios más destacados de tu localidad.

2

Dibuja símbolos que representen los servicios y edificios más importantes. Recórtalos y colócalos en los lugares adecuados.

Materiales:
- Cartulina blanca
- Tijeras y pegamento
- Rotuladores de colores

Un expositor histórico

Crea un soporte para las fichas de información de la exposición arqueológica

1

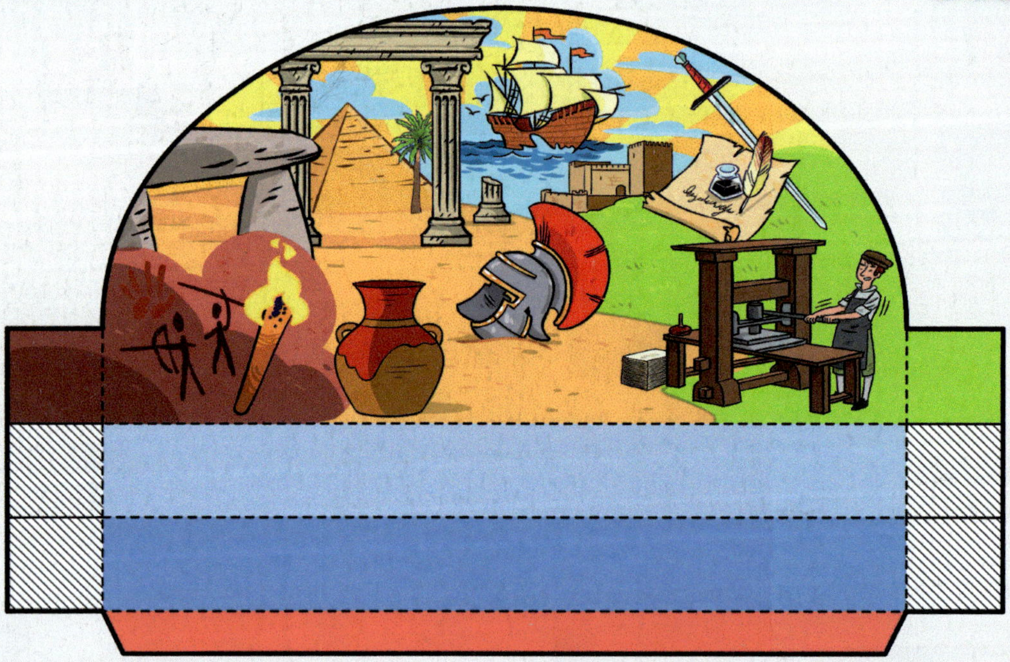

Copia este diseño en una cartulina blanca y coloréalo.

2

Recorta el dibujo y pega los laterales.

3

¡Ya tienes un soporte para las fichas arqueológicas de vuestra exposición!

Materiales:
- Cartulina blanca
- Rotuladores de colores
- Tijeras

La escritura egipcia

La Prehistoria terminó con la aparición de un invento que cambió la vida de las personas: la escritura. Crea tu propio alfabeto, como los egipcios.

1

En una cartulina blanca, copia estos símbolos del alfabeto egipcio y, después, recórtalos.

2

En grupos, podréis jugar a escribiros mensajes como si fueran jeroglíficos o a componer los nombres de cada uno de vosotros.

El libro **Ciencias Sociales 3.º de Primaria** forma parte del Proyecto Editorial de Educación Primaria de SM. En su realización ha participado el siguiente equipo:

Autoría
José Luis Pérez Bravo y María Gómez Negrete
Alberto Navarro Elbal y Sergio López Barrancos (tareas)

Edición
Alicia Gallego Cámara, Jaime Muñoz Casillas, Vanesa Blanco Alonso, Marta Pereda Sancho (TIC)

Corrección
David Busto Izquierdo, Julia San Miguel Martos

Ilustración
Felipe López Salán/Pencil Ilustradores, S.L.; Alberto Díaz Pérez/Pelorroto, GlezBros; ARTIMAGOS; Leticia Esteban; Sara Rojo Pérez; Artur la Perla; Emma Gimeno Tamarit; Juan Luis González Palacios; Óscar Julve; Montse Fransoy

Fotografía
Javier Calbet, Sonsoles Prada, Fidel Puerta, Juan Baraja, Sergio Cuesta/Archivo SM; César Justel Perandones; Juan José Pascual Lobo; José Vicente Resino Ramos; Montse Fontich; FotoVoyager/iSTOCKPHOTO; Raja NC/DREAMSTIME; PHOTOLINK/PHOTODISC; CORBIS/CORDON PRESS; EFE; FIRO FOTO; IBERIMAGE; INDEX; CMCD; DIGITAL VISION; PHOVOIR; BARRES FOTONATURA; THINKSTOCK; 123RF; SHUTTERSTOCK; GETTY IMAGES; AGE FOTOSTOCK; NASA

Edición gráfica
Laura Villanueva Wheeler, Sonsoles Prada San Segundo

Diseño de cubierta e interiores
Estudio SM

Responsable del proyecto
Vanesa Blanco Alonso

Coordinación de contenidos digitales
Mara Mañas Martínez

Coordinación editorial de Humanidades
Javier Ibarra Alonso, Javier Rambaud Cabello

Coordinación editorial de Primaria
Pilar Menéndez Camarena, Nuria Corredera Arana

Dirección de Arte del proyecto
Mario Dequel Losa

Dirección editorial
Aída Moya Librero

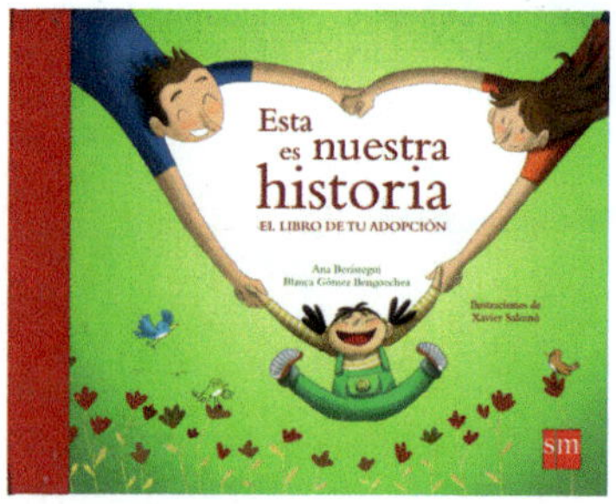

Ilustración de cubierta de Xavier Salomó, del libro *Esta es nuestra historia*, SM, 2008.

Todas las actividades contenidas en este libro han de ser realizadas en un cuaderno aparte, nunca en el propio libro.
Los espacios incluidos son meramente indicativos y su finalidad es puramente didáctica.

Gestión de las direcciones electrónicas
Debido a la naturaleza dinámica de internet, SM no puede responsabilizarse de los cambios o las modificaciones en las direcciones y los contenidos de los sitios web a los que remite en este libro.

Con el objeto de garantizar la adecuación de las direcciones electrónicas de esta publicación, SM emplea un sistema de gestión que redirecciona las URL que con fines educativos aparecen en la misma hacia diversas páginas web; entre otras de uso frecuente: es http://es.wikipedia.org, www.youtube.es. SM declina cualquier responsabilidad por los contenidos o la información que pudieran albergar, sin perjuicio de adoptar de forma inmediata las medidas necesarias para evitar el acceso desde las URL de esta publicación a dichas páginas web en cuanto tenga constancia de que pudieran alojar contenidos ilícitos o inapropiados. Para garantizar este sistema de control es recomendable que el profesorado compruebe con antelación las direcciones relacionadas y que comunique a la editorial cualquier incidencia a través del correo electrónico ediciones@grupo-sm.com.

ISBN General: 978-84-675-7000-7
ISBN Andalucía: 978-84-675-7682-5
Deposito legal: M-04.528-2014
Impreso en la UE / *Printed in EU*

Este libro está impreso en papel procedente de bosques gestionados de manera sostenible.